藥師偵探事件簿

請聆聽藥盒的遺言

牛小流——著

自序：是藥師也是偵探

大家好，我是牛小流，來自馬來西亞，這是我在台灣出版的第一本推理小說，敢請大家多多指教（鞠躬）。

有幸在台灣出版作品，對我來說有著很重大的意義，而在這之前我在馬來西亞出版過一系列的推理小說和一些純愛小說，現在看回過去的作品說不上十全十美，但都成為我日後創作的養分，而呈現在你們手上的這本小說，是我這些年來的嘔心瀝血之作，說是集大成之作也不以為過，也是我這些年來最想寫的推理題材。

那就是將藥理與案情融合在一起。

我會有這樣的構思，不外乎工作是藥劑師的緣故，工作內容縱使千篇一律，但我總覺得有什麼是我能從中提煉，聯想到不少成功的外國推理小說都大膽將自身專業與案情構思融為一體，繼而寫出屬於自己獨一無二的推理傑作，舉例來說我所熱愛的經典作品《宋戴克醫師名案集》，這書的作者理查・奧斯汀・弗里曼本身就是一名醫師，在這部作品裡我們可以看到他如何將專業知識發揮得淋漓盡致，就算流傳了接近百年，這書的內容也不見得會過時，也深深影響了後時代的創作者。

就算我萌發這天馬行空的想法，實際創作上還是面臨不少難題，我所理解的藥理僅限於工作範圍，還有更為深入的知識等待我發掘，就算我讀到什麼內容適合寫成小說，但案件詭計完全圍繞在藥理效應也太無趣了。儘管並沒違反范達因《推理小說二十法則》其中一條，「必須明確、公正的將所有線索呈現給偵探與讀者」，但不諳藥理的讀者讀了也不會看懂藥理與案件之間有什麼關係，更甚的是，讀者多半會跳過藥理陳述，直接看解答篇，就算閱讀第二次也沒能記住什麼藥理，我覺得這一點對讀者來說太不公平了。話雖這麼說，我還是不敢保證讀者能否讀懂這本書的藥理（特別是《請包涵處方的字體》案件），一些冷門的藥物聯繫反應恐怕連藥劑師也沒聽聞。詭計核心始終是讀者在意的部分，而藥理不過是輔助，這是我創作時一直提醒自己的，如何在枯燥乏味的藥理帶出推理味道，就是作者必須下的功夫了。曾聽說好的推理小說必須有讓讀者讀多一遍的興致，若在第二次的閱讀能發現自己沒注意到的破案關鍵，暗罵自己不夠細心，那絕對是對創作者最好的肯定。我特別欣賞島田莊司在解答篇前向讀者下挑戰書的霸氣，即已提供所有線索，邀請讀者一起推理出真相，這宣言需要多大的自信才能寫出！

我覺得創作推理小說與其他文體的小說，最大的分別，莫過於作者會知道這故事會不會受人喜愛，因推理小說講究的是邏輯聯想，若邏輯處理方面不盡人意，也不用奢求讀者會買賬，而我對於這部推理小說的喜愛超乎我的想像，因我覺得在這部小說裡已做到最好，也盡可能讓藥理科普易懂，讓讀者能夠享受推理以外的知識樂趣。

對於這部作品，我有幾個顧慮。一，擔心藥理查證方面不夠細心，若一時疏忽誤人子弟那就罪孽深重，也會敗壞自己藥劑師的名聲，所以盡可能反覆檢查藥理知識，也在註釋部分好好解釋。但這終究是小說，一些描述難免會誇大其詞，這一點還請讀者多多包涵。

二，這故事的主人翁是一名藥劑系畢業生，基於等不到政府醫院的實習空缺，逼不得已到西藥房任職，這是在馬來西亞真實上演的事件，但我相信這現象在世界各地也是一樣的，今時今日各行各業的人才都趨向飽和的現象。一開始擔憂不同國家的讀者，對於文中描述的西藥房難以適從，我也曾考慮將故事背景調整一番，在編輯的建議下，還是選擇保持原狀，畢竟故事背景不會影響案件，也可讓讀者對於不同國家的文化多一些認識。

能夠在台灣出版小說，我感到非常光榮，這是會讓我一輩子驕傲的事情，感謝秀威資訊給我這個機會，謝謝責任編輯陳慈蓉小姐的耐心指導，謝謝為這書寫推薦序的名家們，也在此謝謝我的太太無條件地支持。

最後，我要特別謝謝馬保靖，因為他一直以來都比我更相信牛小流是不錯的。是藥師也是作者，我是牛小流。

牛小流

二〇一八年七月三日

推薦序

本書以專業藥師為主幹，菜鳥「阿琳」與老鳥「蘇店長」，藉其在臨床調劑藥物的時間經驗不同，串起《藥師偵探事件簿》這個故事。平常的我較少閱讀推理之類的文章，總覺得深奧難懂離我有點遠。然而，此作讀來卻全不費工夫。

這或許是我本身也是專業藥師的原因。然而更重要的亦或許是，作者很貼心的在章節內，以巧妙的筆法，特別勾畫出故事中有關命案相關，並啟人疑竇的人事物，以及對話等總總回顧，方便讀者閱讀推理，而不會因為讀了後者而忘了前者的窘境。

藥即是毒，可以救命也可以致命。本書第三話〈請包涵處方的字體〉所描述的命案，即是不折不扣的以藥養藥，以藥殺人的情境。故事的相關人並無專業藥師的背景，但卻懂得如何以藥殺人，實在值得玩味。第三話這章節是整本書我印象最深刻的。

藥師／前輝瑞藥廠副總經理／

比利時UCB藥廠台灣暨韓國事業單位主管　吳信廷

牛小流，正業——寫小說，副業——藥劑師。

哦，錯了，他是一位寫小說的專業藥劑師。出版了多本推理小說，純愛小說等著作。

若是說要將醫學元素融入一篇散文內，還算簡單。而牛小流卻將藥理知識，各種藥物的功能與副作用，巧妙地融入了自己推理小說的文字書寫裡頭。其功力之深厚絕非一般。文字裡頭專業的藥理解釋亦可供讀者參考，同時增進藥理常識。

他透過一單單冷血的命案，檢視人性寫實的矛盾及陰暗面。即便如此，這世界仍充滿溫暖光明的一面，公義的一面。

閱讀牛小流的文字，讓我想起了痞子蔡（蔡智恆）。他字裡行間所穿插的幽默詼諧，為嚴肅的推理故事增添了幾分俏皮。實至名歸的成為文字裡的小丑，用文字感動世界的作家。

馬來西亞醫生／作家　吳奕品

自奧斯汀・弗里曼寫出宋戴克醫生以來，科學探案這一流派在推理小說發展史上始終沒有得到真正的延續與發展。它不僅考驗作者的小說寫作能力和詭計構思，更要求作者擁有極為過硬的專業知識。

牛小流很好地利用了自身藥劑師的職業特長，在這本《藥師偵探事件簿：請聆聽藥盒的遺言》中，描寫了推理文學中很難得見的藥局環境。這三篇小故事不僅有硬核的醫藥知識相關詭計，還配有巧妙的邏輯推理，風格則是人見人愛的明快幽默路線。

同樣作為推理文學的愛好者，我非常欣喜看到新時代的華語推理小說中能出現如此個性鮮明的作品！

《超能力偵探事務所》作者　陸燁華

在我閱讀書稿之前，還以為這會是一部充滿艱深醫藥專業理論的「理科推理」，細讀後才發現竟是好幾篇妙趣橫生的實習藥劑師「日常推理」！來自馬來西亞的牛小流，以充滿熱帶南洋風情的生活、職場、多元文化與各色人種為架構，巧妙地融入西藥房店長、職員與顧客，在藥品諮詢與客戶應對之間，所端倪出暗藏於進門客背後的諸多古怪與驚奇。在八卦雜誌美女記者的穿針引線下，更促使兩位藥劑師的觀察與推理付諸行動，對疑點進行明查暗訪並屢屢破解謎團。作者在行文間滿溢風趣與幽默，讀者亦在閱讀中同時吸收了許多必須瞭解的家庭醫藥常識，尤其是讀到自己曾服用過的「聖約翰草（St. John's Wort）」時，我更是會心一笑。

小說作家／書評人／博客來推理藏書閣選書人　提子墨

同為醫療從業人員，對於市面上出現這麼一本專業的醫藥推理小說，覺得很是欣慰，作者透過自身專業塑造出名符其實的「藥師偵探」，並適當加了點娛樂性元素作為調劑，在兩者之間達到了巧妙平衡。

而書中所列舉的案例其實在我們生活中也並非罕見，比如說特定疾病不能服用特定藥物，以及藥物間的交互作用，這些知識都是相當受用的，而且還有機會能夠救人一命。

作者如東川篤哉般的幽默筆法也屢屢讓人噴飯，無論是否有醫藥相關背景，都能從此作中獲得莫大的樂趣。

《伊卡洛斯的罪刑》作者、台灣推理推廣部版主　楓雨我一直就是個推理迷，當我任職台灣東洋時，品管經理就是大名鼎鼎的葉桑。他曾經邀請我替他的大作〈魔鬼季節〉寫序，從此我和推理小說之間的關係益發密不可分。

我是個藥師，因而一直希望有個藥師偵探，運用藥學理論解謎破案。等了多年之後，欣見具備藥師資格的牛小流先生寫出以藥師為偵探、以藥局為背景的推理小說。

牛小流先生的文筆簡潔流利，對白更是有趣。讀來格外輕鬆，不僅能夠享受精彩的推理過程，更融會貫通了艱深的藥學知識。因此我這個藥師推理迷誠摯向各位推薦。

藥師／曾任台灣東洋製藥公司廠長　鄭良茂

牛小流筆下常見市井小人物。即使掛著藥劑師這麼專業又光鮮的身份，故事主角卻是個有點慵懶、糊塗、怕事、常說廢話且外貌一般的倒霉蛋。

但小人物亦懷大情操啊。如同本書，看似普通帶點無厘頭的偵探小說，實則處處反映作者正職所處的醫療體制與操守等大課題。

大概就像電影《喜劇之王》裡周星馳演回初入行時那個跑龍套的自己，牛小流也似在寫實習時的自己。寫到最後終究是自我期許吧，跟戲裡星爺日夜捧讀《演員的自我修養》那樣，其實一直認真。

馬來西亞醫生／作家　樺真

目次

第三話：請包涵處方的字體　167

為什麼醫生字體總是不堪入目？
這些醫藥縮寫連課本都找不到？
一點也不專業，卻是專業的一切。
看藥劑師如何看破處方箋上的謎團！

第一話：請治療孕婦的憂鬱

「你也該是時候出去找份工作，總不能在家裡蹲了一年什麼貢獻都沒有……」中年婦女看著女兒終日在家裡看電視節目過日子，忍不住多嘴嘮叨。

長相平庸，頂著粗框眼鏡的女子，沒好氣地看了她一眼，嘟嘴道：「現在不是我不要工作，是根本等不到工作機會啊！」

「這到底是什麼年頭，竟然連藥劑系學生都找不到工作，讀了這麼多年書到最後也不是老樣子？」婦女不敢置信道。

「你別只是針對藥劑師，這幾年新聞屢次報導醫生牙醫過剩，更別提一早就泛濫的工程系畢業生，這是一個誰都可以讀大學的年代，人才過剩是遲早會發生的問題。我大可另謀出路，但一日還沒領取藥劑師執照，那我就什麼都辦不了。」女子趴在桌子上嘆息。

這故事的主人翁是一名藥劑系畢業生，顧名思義，藥劑師為管理藥物的專業人士，而藥劑系是一門關係藥物知識的科系。因此，藥劑系學生須學習關於藥物的一切事情，其中包括藥物用途、製藥方式、藥理效應、藥物輔導等專業知識。就算成功考取學位，須在政府醫院實習一年並通過藥劑鑒證考試，才能夠獲取藥劑師執照。頭痛的是，藥劑系學生過剩的情況下，政府現有的實習藥師位子根本無法負荷逐日增加的求職者，造成大部分畢業生在家待業多日，畢業等同失業，可是叫人無法接受，特別是愛子心切的父母傾家蕩產只求孩子能找一份好工作，現在出師未捷先失業，長使父母淚滿襟……

「你還敢給我這麼大聲，科系是你自己選的，現在埋怨又有什麼用？」婦女沒好氣道。

「早知道我當初就不要那麼努力，這幾年就只是拼命讀書，簡直成了社交絕緣體，好不容易讀個一等學位畢業，現在落個一場空，回想起來真覺自己浪費青春。」女子懊惱道。

「反正你除了讀書，其他事情都做不好。」

哪有人這樣說自己的女兒——女子忍不住嘀咕。

「你在家裡蹲了一年，什麼貢獻也沒有，若有心的話早都隨便找份兼職賺錢養家，瞧你模樣就是經不起風雨的溫室小花，虧我和你老爸辛辛苦苦養大你，事實證明生個叉燒好過生你。」

婦女說的話正中女子的心裡，她尷尬笑道：「你總不能要一個大學生在外頭拋頭露面吧？」

「這些話你竟然說得出口，這就是當今大學生的傲骨嘛，寧可餓死街頭也不去工作。」

又不是高中畢業打份兼職，現在可是堂堂大學生，難不成還要去超級市場當收銀員，給老同學看到不就很沒面子——女子嘴巴歪了一邊，心情複雜。

「若你不懂未來該怎麼辦，那我大可幫你張羅一些任職機會，但工作性質就不容你多嘴了。」

「慢著！其實我是有頭緒了，基於政府醫院實習位子滿額，衛生部恩准畢業生可在特定西藥房或藥廠進行實習，我朋友恰好留幾個西藥房的聯絡電話給我，我這就打電話去問問看受不受理……」女子無可奈何下只好拿出殺手鐧，馬上撥電給西藥房。

「哼，不好好整治你就不會說真話，什麼一等學位大學生，現在不過是九等廢材量地官，你別再給我玩什麼花樣，不然我直接送你去超級市場工作。」

女子蓋下電話後，木然轉身和婦女說了一聲。

「我被錄取了……」

「那很好啊！怎麼你看起來不怎麼開心？」

「我沒想過這麼快就要工作了……」

再怎麼不情願，女子還是如約到西藥房報到。她站在門口看著西藥房招牌，默默念著，**便宜西藥房**，心道這年頭怎麼可能還會有這麼不經大腦的店名。可不是嗎？若顧客進店光顧，發現價錢不如想像中便宜，免不了討價還價或嘮叨糾纏，要不直接就是賤賣商品，在商言商都不是什麼聰明之舉。

這店長真的有心開店嗎？女子在門口嘀咕。

「小姐，你是來買東西的嗎？」一名大媽看女子在門口鬼鬼祟祟，拍肩問道。

不來買東西，難道是借廁所嗎？

「不是，我是來工作的。」女子發現大媽穿著西藥房制服，戰戰兢兢道。

「噢！我是聽說今天有新的藥劑師到我們店裡報到，應該就是你了，我是凱瑟琳，我該如何稱呼你呢？」

「我姓黃名凱琳，別人都叫我凱瑟琳。」女子沒想到自己和大媽同名。

「真是太巧了，為避免混淆，你還是取個小名好了。」

「那，你叫我阿琳好了。」

這是一個關於初出茅廬的妙齡少女，同時也是實習藥劑師的阿琳，在便宜西藥房實習的故事，乍看還以為是平淡如水的藥師故事，但多的是凱瑟琳難以預料的事情。

這是一間規模不大，絕無分行僅此一家的小型西藥房。這年頭西藥房如雨後春筍般湧現，大街小巷都看到不同招牌的西藥房，有些店正對面就是一家西藥房，無疑形成一種惡性競爭。這就是當今西藥房的局面，也是阿琳一向抗拒在西藥房工作的原因，她無法想像自己讀這麼多年書，結果還是要投入殘酷商場裡爾虞我詐是非不分，或許在別人眼裡這無疑是幼稚的想法。

來到便宜西藥房兩星期後，就顛覆了阿琳對西藥房的印象。

「阿凱，你有沒有覺得這間店生意不是很好……明明窗外的天氣這麼好，早上到現在沒進來幾個顧客，眼看就快是午休時間，營業額似乎不怎麼理想。」阿琳向另一位凱瑟琳問道，基於同名的關係，在對方建議下稱呼阿凱。

「你沒看錯，沒顧客光顧總不能騙你說這裡生意很好吧？」阿凱誠實道。

「那麼經營方面應該沒什麼問題吧……」阿琳音量越說越小聲，但還是沒勇氣說出自己擔心薪水成問題否。

「你就放一百個心，這間店好歹都開了三年，每天不就這樣平靜，最後也不就安然度過風風雨雨，這一點不需要我們員工來擔心，與其擔心不如盡可能地多賣一些保健品。對了，你有時間聊天不如多讀一些產品介紹，盡可能背下重點內容，這麼一來顧客問上也能馬上回復。」阿凱好心建議。

阿琳點頭示意，躡手躡腳來到貨品陳列櫃，隨手拿了孕婦DHA產品說明書，但眼睛還是不斷打量這間西藥房。這間西藥房除了阿琳阿凱，還有高中畢業後就在這兒上班的年輕女員工——莎拉和年齡接近三十歲的男店長——蘇隆毅。莎拉一天裡的大部分時間都坐在椅子上滑弄手機，這一點阿琳看在眼裡只覺不可思議，也因為莎拉懶惰成性的工作態度，驅使阿凱經常呵斥莎拉，兩人從早到晚總是免不了爭執，阿琳常常夾在中間動彈不得。

店長總是一副愛理不理的模樣，外貌看起來接近三十歲，以老闆年齡來說算是年輕有為，但給人感覺有些老成，這並不是指他樣貌早衰，而是他對身邊事物都是一副愛理不理的模樣。若要阿琳準確描述這種違和感，從阿琳貧匱的詞庫裡，只能舉出不怎麼有營養的形容詞，好比阿琳鄰居家裡養的老黃狗，上了年紀後變得苟延殘喘，對生活再沒什麼熱誠可言，每天望向門口眺望遠方，似乎在期待著誰的到來，眼神流露的是一片茫然。阿琳竟從店長眼神看到像狗一樣的眼神，但她當然是不敢說出口，怕老闆以為她暗地罵他是狗。

「鈴……」這時候門口傳來門鈴聲，阿琳抬頭一看，進門是一位大腹便便的孕婦。這孕婦頂著大肚子，頭戴淺褐色漁夫帽，穿著鬆弛碎花孕婦裝，這身打扮讓阿琳想起海灘的風光明媚，而她緩步走入西藥房，阿琳自動自發向前招待這位顧客。就算阿琳是一名藥劑師，但在店裡仍是新人一枚，實在不敢讓其他員工留下懶散的印象。

「太太，你好，請問需要什麼嗎？」阿琳微笑問道。

「你是藥劑師對嗎？」

這恐怕是進入西藥房的顧客最常問的一句話，有者一旦知曉接待他們的不是藥劑師，馬上臉色一變把臉別過去，堅持要等到藥劑師出現才願意告知問題，這一點讓阿凱和莎拉可是大為不屑，畢竟大部分進門的顧客都是問一些頭痛傷風的小毛病，他們有自信比起一般藥劑師可是更有服務心得，什麼保健品能夠幫助提高免疫力以讓身體早日康復，這些推銷功夫對他們來說已是拿手好戲。事實上，只有執照藥劑師才能接待顧客，因一些藥物只能由藥劑師出售，顧客的顧慮也不是沒有道理的。順道一提，實習藥劑師只有在執照藥劑師的監督下才能為顧客配藥。

阿琳微笑點頭。

「我懷孕大概八個月了，感覺身體越來越笨重，行動更加不便，一直都不在狀況，這幾天還不小心感染風寒，鼻塞到有些辛苦，晚上都睡不了好覺，不懂有什麼藥物可以服用呢？對了，我還有一些便祕，昨晚臨睡前吃了一湯匙的乳果糖口服溶液[1]，但好像沒什麼幫助，明明聽醫生說能夠幫忙排便呢。」

「好的，你等一下……」阿琳轉身往藥物櫃台，很快地拿了幾個藥物，分別是傷風藥物——氯雷他定[2]和便祕藥物——祕可舒[3]。

阿琳正要回復顧客之際，就被蘇店長給叫住了。

「阿琳，這是要給那位顧客的藥物嗎？」蘇店長木無表情問道。

「對啊，有什麼問題嗎？」阿琳好奇問道。

「這兩個藥物恐怕不怎麼適合這位女士。」

阿琳一驚，不小心在店裡叫了一聲，引起其他人的注意，她低著頭不敢望向其他人，小聲問道：「店長，為什麼不適合啊？平時傷風便祕，不是給這幾個藥物嗎？」

「問題在於這藥物是否符合美國食品藥物管理局[4]懷孕分級，就好比氯雷他定的懷孕分級雖然是B，但潛伏著對胎兒有害的風險，祕可舒的分級是C更不適合給孕婦，所以這幾個藥物我不建議讓孕婦服下。」

「天啊……我差點釀成大禍了……我竟然忘記檢查懷孕分級，那我應該介紹什

[1] 乳果糖口服溶液（Lactulose）為一種化學合成的雙糖類，屬於「滲透性」類瀉藥，可以用於治療慢性便秘。

[2] 氯雷他定（Loratadine）為第二代「非嗜睡性」抗組織胺藥，可用來治療敏感症狀，例如皮膚發紅發癢、過敏性鼻炎、過敏反應所引起的流鼻水、打噴嚏、眼睛發紅發癢等。

麼給這位孕婦？她有些傷風，便祕方面吃了乳果糖卻沒有效。」阿琳一臉無助道。

「如果不要服用傷風藥物，大可嘗試在鼻子擦一些通鼻薄荷膏，若因鼻塞無法入眠可建議她使用通氣鼻止鼾貼，也可吃一些維生素C增加免疫力。至於乳果糖方面，普遍上需等到四十八小時以上才能發揮作用，建議她再服用多一些時間，大致上應該沒問題了。」蘇店長華麗地解決阿琳的疑惑，他一個眼神示意，阿琳馬上走去拿相關產品給顧客去了。

「不愧是專業人士啊。」阿琳念念有詞。

正當阿琳和顧客講解之際，店裡不知不覺湧入更多人了，阿琳忍不住垂頭喪氣，怎麼顧客們都喜歡選一樣的時間上門光顧，難道就不能夠分批進來嗎？明明平時都沒幾個人上門啊！

「你們好，請問有什麼是我能幫上的嗎？」阿琳禮貌向顧客問好。

眼前顧客是一對接近三十歲的夫婦，兩人身形瘦小，面色蒼白，看起來有些弱不禁風。

「我這幾天沒什麼食慾，肚子有些絞痛，失眠導致精神不佳，無故發冷，還有我已經一個月沒來月經了……啊……」女子小聲道，在阿琳面前突然作嘔。

「我知道了！你該不會是懷孕了，聽起來是懷孕初期症狀。」阿琳點頭稱是。

[3] 秘可舒（Bisacodyl）為一短期使用治療便秘的非處方藥，在藥理上是屬於「刺激性瀉藥」的一種，能幫助大腸內的水分聚集、刺激腸道神經及增加腸道的蠕動，以達到幫助糞便排除的目的。

[4] 美國食品藥品監督管理局（Food and Drug Administration，FDA），為直屬美國健康及人類服務部管轄的聯邦政府機構，負責全國藥品、食品、生物製品、化妝品、獸藥、醫療器械以及診斷用品等的管理。

「我們也這麼認為，不懂有什麼方法可以測驗呢？」女子戰戰兢兢問道。

「可以使用驗孕棒，只需十元馬幣（一元馬幣＝約七元半台幣）就可以了，只要把尿液滴在儀器上，就能在一分鐘內看出是否懷孕，若你不會我幫你檢驗也沒問題。」阿琳看出女子疑惑的表情，好心提出幫她解讀的建議。

在阿琳的鼓勵下，女子毅然到廁所進行驗孕，幾分鐘後帶著不安心情再度來到阿琳面前。阿琳小心翼翼接下驗孕棒，看到觀察窗出現兩條線，露出了欣喜笑容。

「太太，恭喜你懷孕了！」

夫婦臉上露出複雜的笑容，阿琳看在眼裡覺得奇怪。

「這意味著百分之百懷孕嗎？」男子緊張兮兮問道。

「準確率大約在百分之八十五至百分之九十五左右，若要更進一步確認最好去婦產科檢查呢。」阿琳微笑道。

「天啊……不想懷孕還是懷孕了……難道又要去墮胎嗎……」女子念念有詞，注意到阿琳露出愕然的表情，立刻閉嘴不語。

「先生，這是你的會員卡和找錢。」阿琳微笑遞送。

「謝謝你的服務。」男子付費後，女子攙扶他移動去看別的商品，只剩楞在原地的阿琳。

好不容易解決這一波的顧客浪潮，阿琳和其他店員都是一副虛脫的模樣。
「忙的時候就非常忙，閒的時候就非常閒！」莎拉不滿嘮叨道。
「剛剛又不見你有幫到什麼，只不過是站著發呆而已！」阿凱不滿道。
阿琳和蘇店長對她倆的爭執視若無睹，早已習慣他們兩人的相處模式，阿琳再度來到貨品陳列櫃複習產品介紹。
「沒想到這麼小罐的ＤＨＡ[5]產品都要五十元。」
阿琳嘖嘖稱奇，正要拿起說明書之際，才發現孕婦ＤＨＡ產品少了一罐。她不斷來回點算，孕婦圖案包裝硬玻璃樽的ＤＨＡ產品確實少了一罐。
「你們剛剛有賣出孕婦ＤＨＡ產品嗎？」阿琳多嘴問道。
其餘三人面面相覷，隨即不約而同說沒有。
「這就奇怪了，我明明記得孕婦ＤＨＡ產品有十罐，現在只剩下九罐，不會是被人偷掉了吧？」阿琳打趣道。
這句話說出口頓時讓現場陷入沈默。
「就只有這可能而已。」蘇店長依舊目無表情道。
「到底是誰偷的！你們這幾個剛剛沒好好看管顧客嗎？只會躲在角落玩手機，

[5] 二十二碳六烯酸（Docosahexaenoic Acid，DHA），俗稱「腦黃金」。深海魚油含有豐富的DHA，為孕婦常見補品，有助於胎兒腦部發育。

現在東西不見誰來賠！」阿凱咆哮道。

「你別說到我好像什麼貢獻都沒有，剛剛顧客多到我招待都來不及！」莎拉不滿道。

兩人再度陷入永無止境的爭執中。

「那麼……我們現在該怎麼做呢？」阿琳戰戰兢兢道。

「當然要找出小偷是誰。」蘇店長不以為然道。

「那怎麼找出來呢？」

「稍微想一下就知道是誰了，迷團像疾病一樣，必須對症下藥。」蘇店長攤手道。

如此沒力的破案宣言，在警匪劇裡可說是前無古人後無來者，給犯人聽到可是會偷笑，阿琳還沒發現，便宜西藥房不是一間普通的西藥房，蘇店長也不是一位普通的藥劑師，不為人知的都市傳說靜悄悄地開始了。

在阿凱的帶領下大夥就展開了調查。說是調查，事實上生意也不怎麼忙碌，調查任務來得正是時候，至少打發時間方面多了一個選項。阿琳本以為大家說說而已，但大家認真地埋頭沈思，有者更認真打開筆記本記錄案情疑點和嫌犯名單，阿琳還真是第一次看到這麼熱衷捉拿小偷的西藥房職員。

阿琳望向天花板，這是她沈思時的小習慣，以往求學時期若遇到不會做的題目，總能神奇地想到解決方法。這一次也不例外，她很快地就想到一個絕佳的辦法，甚至容易到讓人傻眼的方法。

「那個……檢查閉路電視不就解決了嗎？」阿琳來到莎拉身邊，指著天花板的電眼，低聲道。

便宜西藥房天花板每個角落都安裝了電眼，根據阿琳的計算，這面積不大的西藥房竟然有五個電眼，店裡每個角落都無法逃過電眼監控，如此一來很有可能攝錄小偷下手的畫面。

「原來你以為那是真的，整間店的閉路電視都是假的，根本沒錄下所謂的實況記錄，若有的話，你不會以為我們不提醒店長查看電眼記錄嗎？」莎拉不屑道。

「我看到店裡密密麻麻布滿著電眼，所以無時無刻保持機警，絕對沒半刻是偷懶的，難怪你敢偷懶，早知道我就……唉，不提這個，這麼大一間店沒設置閉路電視不覺得有些危險嗎？若發生什麼不愉快事情如與顧客爭執或有人打搶，沒閉路電視作為呈堂證據，恐怕無法保障西藥房的利益呢。」阿琳驚訝道。

「沒辦法，本店生意不怎麼好，自然沒那個預算裝什麼電眼，動輒幾萬元，恐怕還沒好好體會電眼功能，西藥房就入不敷出關門大吉，你我都必須找新工作了。」莎拉嘆道。

阿琳白了一眼，心道這間西藥房營業方面到底有沒有問題，越是瞭解店的營業模式越覺得不安。

「那基本上根本是一點線索也沒有，剛剛進來的顧客又特別多，怎麼可能知道誰走到那個陳列櫃附近。」阿琳洩氣道。

「讓我好好回想一下……剛剛我接待的顧客一個是買孕婦牛奶粉，一個則是買羊奶粉。買牛奶粉的藍衣太太說，剛出生不到一個月的孩子一直瀉肚子，我就介紹她有著保護腸胃的奶粉。還有一位紅衣太太說，半歲孩子皮膚微紅發癢，上網查詢後說羊奶或許能減少類似問題。她們兩人看起來沒什麼可疑之處，若真要雞蛋裡挑骨頭，藍衣太太提著環保袋，裡頭裝的鹹魚臭到讓我受不了，紅衣太太則拎著名牌手提包在我面前大搖大擺，讓人怪不自在。」莎拉努力回想道。

阿琳點頭稱是，整間店彌漫著讓人皺眉的臭味，確實讓她受不了。

「難怪我聞到整間店都是魚腥味！」阿凱氣沖沖從後插嘴，聲量之大讓莎拉和阿琳嚇了一跳。

「你說話可以小聲點嗎？我們這麼近不可能聽不到你的聲音，我耳朵痛死啦！」莎拉不滿道。

「你還敢跟我大小聲，現在東西不見了，你要我怎麼冷靜和說話小聲！若真的找不到小偷，你們兩個準備賠償損失吧！」阿凱進入憤怒模式，大違平時溫和神情。

阿琳一開始無法接受阿凱暴喜暴怒的性格轉變，相處下來倒習以為常，瞭解到只要安分守己就不會惹到阿凱。儘管職位上阿琳處於上位，但資歷上遠不如阿凱，與老店員的相處之道阿琳還是有著自知之明，也不敢用自己的職位來欺壓同事——她也知道要是這樣做的話，最後只會淪為自取其辱。

「怎麼只是我們兩個賠償，你自己也是員工怎能例外，一點也不公平！」莎拉不滿道。

「你還敢和我爭執，誰賣出的產品比較多，誰招待的顧客比較多，這不是連三歲小孩子都知道的事情嗎？現在就是你們兩人貢獻的時候了。」阿凱冷笑道。

「我覺得現在還是努力找出小偷吧……阿凱，你剛剛有發現什麼可疑人物嗎？」

「哼，你們最好順利找出小偷，不然就有你們好受。我是沒發現到什麼可疑人物，剛剛一位黑衣太太說他經期沒來和白帶莫名增多，要一些荷爾蒙藥物幫助調理經期。我看她鬼鬼祟祟，懷疑她想利用荷爾蒙藥物墮胎，就藉故說不能出售這種藥物。她離開前確實有拿起ＤＨＡ產品察看價錢，但留意到我的視線就匆匆離開，我倒是沒注意到是否少了一罐。」阿凱努力回想道。

「開什麼玩笑！分明就是你眼睜睜看著小偷拿走，卻在這兒惡人先告狀，你自己賠錢就是，別拿我們開刀！」莎拉怒視道。

「先別這麼快下定論，我們還沒問店長呢。」阿琳搖頭插嘴道。

「我剛才一直站在店長隔壁，他接待了兩位顧客，其中一位是買緊急避孕藥的白衣男子，神色匆忙的他離開之際，不小心碰撞三十多歲的黃衣太太，害她掛在左肩的手提包掉下來，男子沒道歉就匆匆離去。黃衣太太一臉不滿來到櫃台，低聲表示要什麼米粉，我還沒搞清楚是什麼藥物，就忙著招待其他顧客，店長貌似提及這是荷爾蒙藥物，印象中他們談了蠻久。」阿凱反瞪莎拉一眼，繼續認真回想道。

「不會是要買米粉吧？平時有人進店詢問此處有否販賣電話卡或複印服務，我都覺得無語了，沒想到這次更加有創意，來西藥房買食物……」阿琳笑到無力。

每天總有奇奇怪怪的顧客進入西藥房，說出口的商品都讓人無法理解，更不可思議的是，有些西藥房也開始販賣一些雜貨，跟著這個趨勢搞不好多個十年將會變成西藥百貨公司，但考慮到每條大街小巷都有一間西藥房，西藥房與時並進也不是什麼難以理解的事情。

「不懂你們有沒有發現，失竊物品的存放位置略顯隱祕，就算閉路電視正常運作，照理來說也是無法清楚錄下失竊情況。」

「所以我才說我看不清黑衣太太有沒有下手。」阿凱插嘴道。

「搞不好小偷是一個熟悉店裡擺設的人，知道什麼角落是電眼死角，這麼一想很有可能是熟客所為。」阿琳嘗試推敲出真相。

「你們這幾個討論得如何？」蘇店長走近問道。

「完全沒進展。」阿琳誠實道。

「八成是阿凱眼睜睜看著小偷行兇！」莎拉大聲道。

「有必要說的這麼大聲嗎？況且你根本不能斷言小偷是她，就算是也關我屁事！」阿凱發飆道。

阿琳無可奈何地嘆息，眼前前面兩人再度陷入爭執，她看了店長一樣，覺得店長和平時顯得有些不大一樣，眼神不再意興闌珊，反而是少有的專注。那瞬間，阿琳彷彿看見他眼裡散發光芒，仔細一看才發現眼珠反映的是日光燈。

「總而言之，你們是把嫌犯鎖定剛進門的幾位顧客嗎？」蘇店長木訥道。

「的確如此，除非你懷疑不是顧客幹的。」莎拉附和道。

「若不是顧客所為，不就我們其中一個幹的好事？」阿凱沒力道。

「確實有這個可能。」蘇店長沈著回復。

大家頓時鴉雀無聲，沒想到店長把矛頭指向她們三人。

「不過，若我是犯人，絕對不會選這麼忙碌的時候下手，應付顧客都來不及，更不用說逃過別人監視進行完美盜竊，但仔細想想，三人共犯就能夠解決這個問題了，這在推理小說也不是什麼罕見的詭計了。」蘇店長自言自語。

在旁的三人再度無言以對。

「我姑且相信你們是清白吧，要偷也偷比較貴的藥物，這點小錢算得了什麼，行竊者說不準就是剛才那幾位顧客。」蘇店長繼續道。

「原來店長知道兇手是誰了？」莎拉插嘴道。

「我大概知道是誰，但沒什麼真憑實據，要他承認盜竊，需要花一些心思。」蘇店長解釋。

阿琳心道，若肯花錢裝閉路電視，不就爽快解決了。

「我想到一個好辦法了，就你們其中一人撥電給顧客們，說我們店裡少了一罐DHA產品，在閉路電視錄影看到顧客經過那邊，你就留意顧客反應如何，若不打自招就解決了。」蘇店長靈機一動。

「我們怎麼會有顧客的電話？」阿琳搖頭道。

「每個新顧客都無條件獲得一張會員卡，而會員卡資料包括電話號碼呢。」莎拉舉手答道。

「可是……就算有電話號碼，這樣開口多半會得罪不少客人，特別是本店的長期顧客。」阿琳隱約有種不好的預感，努力反駁。

「你覺得本店會有什麼長期顧客，就算有所謂的長期顧客，只要派遣新手撥電，若發生不愉快就說新手辦事不靈，為表誠意也可贈送一些贈品作為補償。若確認那人是小偷，就叫他今天內把貨品送回店，我們就不和他計較。」蘇店長沈思後道。

那個新手不就是我嘛——阿琳潰不成形的心聲。

「禮多人不怪，要不你躺在地上，讓顧客在背脊上踩過去，彌補踩踐顧客自尊心的傷害，你覺得這主意好不好？」蘇店長突發奇想道。

「當然是一點也不好！」

沒想到這店長也會一本正經地胡說八道，阿琳無可奈何下，只好陸陸續續給名單裡的顧客撥電。

「您好，我是便宜西藥房的店員，請問是X太太嗎？事情是這樣的，我們店裡少了一罐孕婦產品，在閉路電視看到您曾在那兒出沒，不懂您知道任何詳情嗎？」

阿琳陸續打給好幾個人，每人都是勃然大怒，說本店是非不分，狗眼看人低，阿琳低聲下氣央求顧客息怒，說願意賠償一些贈品後，顧客的怒火總算平息下來，紛紛表示會抽空到西藥房領取贈品。

正當阿琳洩氣之際，沒想到電話另一頭傳來孱弱的聲音。

「閉路電視有拍到什麼嗎？」

阿琳一驚，故作若無其事道：「是的，我們拍到一些不尋常的東西，你應該知道我在說什麼。」

電話那頭沈默了好一會兒，久到阿琳以為顧客掛線了。

「好吧，的確是我做的，但你可以不要報警嗎？我願意賠償你店的損失，拜託。」

「我店長說只要你今天內歸還失物，我們可以當做什麼事情都沒發生過。」

「我會盡快趕來，謝謝你！」

阿琳蓋下電話後滿腹疑惑，沒想到小偷竟然是她，但怎麼可能會是她呢？

阿琳走近蘇店長身邊，正要開口報告之際，蘇店長率先開口：「已經找到小偷了嗎？」

「一如蘇店長的預測，順利問到誰是小偷了，不過也因此得罪不少顧客，我不懂這划算否，話說店長怎知道這樣會問到小偷呢？」阿琳狐疑問道。

「簡單來說，每個人犯罪後某種程度上都會做賊心虛，只要在他面前稍微提及一些關鍵線索，多半會不打自招說出真相。」蘇店長聳聳肩道。

這假設若寫在推理小說多半會被讀者罵個狗血淋頭，虧店長剛剛還說得出口整間店的員工都是共犯的推理，比較起來剛才推測的顯得合理多了，雖然是一派胡言。

「店長，這一點我無法苟同，就拿我來做例子，若我是小偷，多半會抗爭到底，畢竟需熟悉店裡擺設，並有自信不被拍到才進行盜竊。」

「這假設前提是對方是熟客，況且熟客也未必知道電眼位置在哪呢。」

「莫非店長你早就知道小偷是誰？」阿琳狐疑問道。

「八九不離十。」

「你知道是誰的話，就不需要我一個個去打電話！害我現在面子都不懂該要擺哪兒……」阿琳沮喪道。

「我不敢說準確率是百分之百，只是根據刪除法進行邏輯推理。為何顧客會偷掉孕婦ＤＨＡ產品，我們首先必需要知道ＤＨＡ是怎樣的產品。ＤＨＡ可促進嬰兒腦部發育情況，也對孕婦有著一定的好處，通常建議懷孕四個月後就開始服用該產品。若顧客熟悉DHA用途，照理來說只有懷孕上了一段時間的人，才會選擇服用這產品。[6]」店長分析道。

「根據這個說法，穿著碎花孕婦裝的太太不就有著嫌疑。」

「的確沒錯，但有嫌疑的不只是她一個人而已，這產品包裝是孕婦圖，從外表來看不難推測為孕婦補品，不排除有者不熟悉藥物，看包裝誤以為懷孕初期也能服用。」

「讓我仔細想一下，購買驗孕棒的夫婦自然是嫌犯之一，其他人應該都沒嫌疑了？」

「讓我好好為你釐清其他人的疑點。莎拉接待的紅衣太太，深諳羊奶特別之處，她多半知道DHA的好處，剛生下孩子的她，其實也適合攝取DHA補身。黑衣太太說經期沒來和白帶異常增多，這很有可能是懷孕初期的症狀，如阿凱猜測一樣，多半是要利用荷爾蒙藥物來墮胎，這樣負面心態的她，不可能會盜取滋補嬰兒的補品。買緊急避孕藥的男生根本不用說了，都還不確定懷孕否，自然可以被去掉嫌疑。黃衣太太也是如此，問及的荷爾蒙藥物很難和DHA扯上關係。」

阿琳在旁聽得目瞪口呆，沒想到店長從剛才的對話就能推敲這麼多要點。

「所以，你懷疑的對象是碎花裙孕婦、驗孕棒夫婦和羊奶紅衣太太嗎？」阿琳

[6] 資料源自US NATIONAL LIBRARY OF MEDICINE NATIONAL INSTITUTE OF HEALTH，《Omega-3 Fatty Acid Supplementation During Pregnancy》

整理頭緒後道。

「他們三人其中一位不就是你剛剛打給他而且承認的顧客嘛。」

「確實如此，那店長知曉哪一位是小偷嗎？」阿琳為店長的篤定感到驚訝。

「推理到這個階段已沒什麼線索可供參考，必須加上一些假設才得出誰是小偷的結論。ＤＨＡ產品大小有些迷你，一個拳頭多半可完全遮掩，但要避開他人注意不是那麼容易的事。假設碎花裙孕婦是假懷孕，那麼多半可把產品塞進肚子裡的空隙，但根據她的口白，感覺身體越來越笨重，行動更加不便，更染上風寒，而且還服用對孕婦無害的乳果糖口服溶液，我相信她是真懷孕，沒帶包包的她自然無法藏匿賊贓，多半不是小偷。

「聽莎拉的說法，羊奶紅衣太太領著一個手提袋，但要神不知鬼不覺把東西塞進手提袋近乎不可能的任務，特別是一些知名牌子包包基本上沒什麼縫隙可塞入，若要塞東西進去不得不好好打開再好好關上，這個步驟難道逃得過全部人的眼光嗎？刪除兩個嫌疑犯後，剩下那位自然就是小偷了。」蘇店長繼續解釋。

「沒想到你真的知道小偷是誰……」阿琳不敢置信道。

沒錯，小偷正是他們口中的驗孕棒夫妻。

「照理來說，他們不可能偷ＤＨＡ產品，她才剛剛被驗出懷孕，這麼快就要補身體了？根本無須這麼快攝取ＤＨＡ。」阿琳搖頭道。

「我不是要貶低她教育程度低，但從你剛才和她的對話，這位太太連驗孕棒都不知道，可想而知她的教育程度有限。她很有可能路過陳列櫃，看到產品包裝為孕婦圖案，誤以為這產品能幫助養胎，一時動了歪念把產品偷走。」

「可我想不通她怎麼逃過大家目光把產品偷走，她並沒隨身攜帶包包，握在手裡面又不是不會被看到！」阿琳努力回想道。

「你還記得他們倆夫婦是怎樣牽手的嗎？」蘇店長搖頭道。

「不就是太太攙扶著先生咯……慢著，莫非這就是他們隱藏貨品的方法……」

阿琳驚道。

「沒錯，一隻手掌或許遮掩不了那個產品，兩隻手掌遮掩到來卻難免讓人起疑心，若配合其他人一起進行盜竊，這個問題就解決了。恐怕該女子把產品安置在男子手肘部位，假裝攙扶男子只為遮掩產品，就這樣從店裡離去。」蘇店長漂亮把案情解釋一番，阿琳在旁驚訝得說不出話。

「看你一副嚇壞的表情，讓我想起了自己以前第一次看蘇店長破案的時候。」

莎拉在旁笑道。

「什麼？莫非你們都知道蘇店長能推理出真兇？」阿琳喊道。

「這又不是第一次看他破案了，或許你沒聽說過，但蘇店長可是小有名氣的藥師偵探。更難的案件他都可以解決，這些小案件怎麼可能難得了他？」阿凱插嘴道。

阿琳白了她一眼，心道若阿凱相信蘇店長能破案，就不會剛才大吵大鬧得像潑婦一樣，害她平白擔心要扣薪水賠償，明明都還沒拿過薪水啊。

「那麼我們該如何處置那位太太呢？」阿琳沈思後道。

「當然是報警處理。」莎拉不假思索道。

「不報警好歹也該叫她請吃飯吧。」阿凱建議。

「倒不用想怎麼處置，拿回產品就放她回去，看她樣子家境貌似不好，若有選擇沒人會想走到盜竊這一步，這件事情就這樣告一段落吧。」蘇店長沈著道。

「原來店長說要放過她是認真的……」阿琳讚嘆道，但旁人卻是一副理所當然的表情。

「怎麼你們不會驚訝？」阿琳好奇問道。

「這又有什麼好驚訝，我們家店長是公認的大好人啊。」阿凱笑道。

他們繼續度過無聊的下午，直到夜幕低垂，那對驗孕棒夫婦始終沒有出現在便宜西藥房，反之被冤枉的顧客們陸續上門領取贈品，阿琳鞠躬連連道歉不斷，恭恭敬敬送客上車，頭低得快碰到地上了。

蘇店長順手推舟把責任推卸去阿琳身上，倒也落得清閒，他順手扭開電視機，如往常般觀賞晚間九點新聞。

「我說，我們多半給驗孕棒夫婦給騙了吧？搞不好他們已潛逃了，這下我們還虧了不少贈品，我自己拿來用反而更實際。」莎拉碎碎念道。

「就算潛逃那又如何……咦？」蘇店長突然發出訝異聲，在旁的阿琳好奇地望了他一眼，蘇店長指著電視機螢幕，阿琳順著他手指望向電視螢幕。

「歡迎大家收看晚間九點新聞，這裡有一則突發新聞。今天下午六點半，一位三十歲左右的太太，被發現陳屍在山腳下，根據第一發現者的說法，他傍晚跑步經過山腳下，看到女死者被壓在電單車下，驚惶下馬上報警。警方初步調查顯示，這很有可能是一起意外事件，猜測死者在山路上不小心翻車，最終滑入山谷，身體多處骨折致死。警方在死者隨身錢包找到身分證，相信歸死者擁有，死者名為陳阿嬌，敬請死者家屬盡快到鄰近警局協助調查。」

阿琳望著死者照片入了神，覺得不懂好像哪裡看過這個人，最後不由自主地叫出聲來。

「你認出她是誰了嗎？」蘇店長轉身道。

「她就是今天來買驗孕棒的那位太太……沒想到她竟然死了，難怪沒來這兒……」阿琳無力跌坐在地上。

「就是這位小姐嗎……天啊，年紀不過三十歲而已……」阿凱驚訝道。

「這山路盡頭再往前一些就是本店了，她該不會是因為匆匆忙忙趕來，結果不小心釀成意外。」莎拉推測道。

「是我，一切都是我的錯，如果我沒打給她的話，如果我的語氣能夠好一些的話，或許她就不會這麼匆忙趕來這邊。我怎麼會選這個時候打給她，明知道她因懷孕造成精神不佳，我不該這麼做……」阿琳眼角泛紅道。

「怎麼你說著說著就哭了，叫你打電話的人是我，就算有錯也該算在我身上，你就別想太多。」蘇店長皺眉道。

「你不懂我的感受，有人因自己說的話而死掉，就算我安慰自己不是我的錯，但我良心就是過意不去。」阿琳哭得稀里嘩啦。

「聽起來你的良心貌似和你沒什麼關係，算吧，我現在就關店，你們可以回去休息了。」蘇店長搖頭道。

「現在不過是九點半而已，距離十點還有半小時啊！」阿凱驚訝道。

「我是店長，要幾點關門就幾點關門，難不成還要你們同意嗎？再說，這樣的情況下，你們能夠若無其事地工作嗎？再不離開，今天開店二十四小時通宵不打烊。」蘇店長冷道。

大家互望一眼，拿了背包就離開西藥房。阿琳離開店時，仍不斷用紙巾擦試眼淚，活像是一個大小孩，在旁的莎拉不斷安撫她，暴戾如阿凱也在旁不斷嘆息。

「這又有什麼好傷心呢？」蘇店長喃喃自語道。

蘇店長默默瀏覽著手機，看到社區板塊陳列出山谷女屍的新聞，想到這女子白天才從店裡離開，沒想到下一刻就遭遇不測，人生無常說的就是這個道理吧。

「看來我漸漸變得不近人情，無法代入別人的感受，而這樣的我又說的上是專業藥劑師嗎？」

藥劑師需要做好的事情，不就是調制藥物而已嗎？沒想到這次連心藥都要準備了。

隔天阿琳下午值班，十二點半來到西藥房報到，她睡眼惺忪，貌似還沒從昨日愧疚振作起來。這也難怪，她一向都是溫室裡的小花，在父母溫柔呵護下無憂無慮長大，根本不曾接觸外面世界的不美好，不提自己首次出來工作不懂人情世故，這次自己間接害了一個人，這可是她做夢也沒想過的事情。

「你不會是還為昨天事情還不開心吧？」阿凱看了阿琳一眼，關心問道。

「我看起來很不好嗎？」阿琳奇問。

「一點也不好，看你頭髮蓬鬆，眼袋腫得像眼疾，皮膚黯淡得像老人黑斑，如果這樣還能稱得上是好，那麼我真不懂怎樣才算不好。」阿凱不留情面批評。

阿琳好奇走近鏡子，發現自己外表確如阿凱說的一樣，顯得憔悴不堪。她一邊梳理頭髮，一邊東張西望，發現店長竟然不在店裡面。

「店長今天沒上班嗎？」阿琳好奇問道。

「今天他有上班啊，只是不懂跑去哪裡，說起來這還是他第一次擅離職守，不會是和昨天的事件有什麼關係吧？」阿凱反問。

「剛才有個美女顧客和店長閒聊，兩人說了很久的話，那女子撒嬌的功力讓我都受不了，上門顧客都無心買藥只是一直偷瞄她，為避免影響生意，店長最後同意和她出去一趟，臨走前交代他就在附近的咖啡館。」莎拉在旁探出頭道。

「怎麼你剛剛不早說！」阿凱怒瞪莎拉一眼。

「你自己又沒問我。」莎拉反瞪阿凱一眼。

兩人又陷入爭執之中，阿琳在旁搖頭嘆息，這兩個人總有吵不完的架。

「剛剛收銀櫃台數目不對，店長不在身旁，我急忙打給他的手機，誰知道他出門沒帶手機，你看我這麼著急，難道就不會主動說店長其實在對面嗎？」阿凱不忿道。

「我怎麼知道收銀櫃台數目不對和店長什麼關聯，搞不好是你自己找錯錢呢。」莎拉不以為然道。

「你們兩個就別再吵了，我現在就去把店長給叫回來，讓他好好把數目交代清楚。」阿琳自告奮勇到咖啡館找店長，實則不想再留在店裡看她們大動干戈。

阿琳推開門，認清咖啡館的方向，快步向前走。

「他們竟然得空到有時間吵架，別人看在眼裡一定覺得不靠譜吧。聽說一些西藥房忙碌到連坐下來的時間也沒，雖然工資上沒差，但我畢竟是實習生，理應盡可能在有限時間內吸收工作經驗，待實習結束後才有自信接受其他公司的聘請。自己無法在醫院實習已比起一般實習藥劑師差得遠了，這下連賣藥也不在行，那我未來豈不沒好日子過？」阿琳喃喃自語，有感未來日子堪憂。

正當阿琳搖頭嘆息之際，已不知不覺來到莎拉口中的咖啡館，阿琳看了招牌一眼，**好喝咖啡館**，心道這附近店家取名真是這麼隨便的嗎？荒唐的是，她逐漸接受便宜西藥房是一個朗朗上口的名字，猶記得第一次和媽媽說起店名的時候，媽媽可是笑得連儀態都顧不上。

她一踏入咖啡館就看到店長坐在角落，正要呼喊之際卻發現與他喝咖啡的是一名大美女。那位美女有著一頭烏黑亮髮，五官精緻得就像模特兒一樣，舉止優雅的她散發迷人魅力，阿琳不禁為店長的品味而五體投地。

正當阿琳將大美女默認為店長女友之際，卻發現他們桌上陳列著幾份新聞剪報，內容恰好是昨天那起意外事件，看著他們討論得興高采烈之際（其實大美女自說自爽而已），阿琳忍不住坐在店長背後的桌子，試圖偷聽他們在討論什麼。

「所有案發現場的線索，我已清清楚楚告訴你了，那你是時候該告訴我一些內幕消息吧。」美女懇求道。

「我才沒這個義務告訴你，就和你說很多次了，我根本不想和案件扯上關係。」蘇店長木訥道。

「你怎麼可以這麼說話，好歹我們一起攜手破過這麼多案件，就算不正式結黨，我們某種程度上來說，也是最佳拍檔啊。」美女語出驚人。

阿琳在旁聽得目瞪口呆，心道破案不是員警的工作嗎？她開始猜測蘇店長是不為人知的臥底，化身藥劑師實則是為了掩人耳目進行調查，要不就是店裡員工涉及一些不光彩的事情，或者借機接近一些老顧客，也不是什麼罕見的電視劇劇情。難怪店長對生意總是愛理不理，彷彿不愁口袋沒錢，因為他另有目的！

「凱瑟琳小姐，雖然我不懂你為什麼會出現在這裡，但當著店長的面公然偷懶，怎麼想都不是什麼值得嘉許的事情吧？」蘇店長把頭移去後方，向阿琳問話，原來他早就意識到阿琳躲在他背後。

阿琳嚇得跳起來，急道：「我不是故意偷聽的，只是看到你們討論著昨天那起意外，我就想瞭解多一些。」

「聽起來，你好像知道很多內幕，小妹妹，你方便告訴姐姐我嗎？」美女興致勃勃問道。

雖然我看起來沒有身材，但本姑娘已二十多歲才不是什麼小妹妹——阿琳差一點就脫口而出。

「伍小姐，你別打她的主意了，這件事和她一點關係也沒有，案件還是交給有關單位處理吧。」蘇店長出手阻止。

阿琳頓時丈八金剛摸不著腦袋，好奇問道：「案件？這位小姐該不會是便衣員警吧？」

美女愣了幾秒，隨即哈哈大笑起來，道：「若我真是員警，就不需從這位先生套出什麼情報，直接捉拿他去警局審訊就解決了，要知道他嘴巴不是普通的緊。」

「你不是員警……莫非是偵探？」阿琳再度語出驚人。

「哈哈哈！我都不懂該說好笑還是可愛！不過事實上，我確實認識一些員警和偵探，我哥就是大名鼎鼎的伍龍警探，本城偵探我可是沒放在眼裡，讓我好好介紹我自己，我是《八卦雜誌》的特約記者，姓伍名鳳，你叫我Phoenix好了。」名為伍鳳的美女記者遞給阿琳一張名片。

阿琳接下名片後打量眼前這位美女，看到雜誌名稱就無語了，恰好就是**《八卦雜誌》**，分明宣稱買雜誌的人都是為了看八卦，但考慮到這年頭沒幾個人買雜誌來看，不得不出奇制勝也就釋懷。

「看你想得入神，不會是懷疑我是假冒記者吧？」伍鳳皺眉道。

「倒不是懷疑什麼，只是你的名字讓我聯想到香港藝人胡楓而已。」阿琳遲疑後道。

「怎麼你和你家店長說一樣的話，不愧是他的好店員，我們還是盡快進入正題好了，關於昨日發生的意外墜山案，你知道一些線索嗎？我已求你店長一小時，他始終不肯發表意見，我相信他一定知道些什麼，平時我央求他半小時，他多半投降開始給一些意見，這次卻完全不肯配合！」伍鳳嘆道。

「原來如此！昨晚發生的那起意外，有什麼我能幫上忙的地方儘管開口，我也想為死者出一分力！」阿琳激動道。

「我欣賞你的爽快！蘇隆毅，你別以為有一點能耐就以為自己很厲害，現在我找別人幫忙，不用再看你臉色辦事！」

「我有批准她給你辦事嗎？不管怎麼說她始終還是我的員工。」蘇店長冷道。

「這根本無關公事，我私下找她又關你什麼事？」伍鳳不滿道。

「首先現在是工作時間，她沒這個時間陪你消遣，再說若我下令不準和你有任何接觸，你覺得她會不聽從我的吩咐嗎？」蘇店長難得語氣嚴厲，平時就算顧客鬧上門來，店長都從容以對，彷彿天崩地裂也無動於衷。

「阿琳，走吧，不需理會這閒人。」蘇店長拂袖離去，阿琳趕緊跟在身後。

阿琳離開時滿滿的不安，轉頭看了伍鳳一樣，只見她往自己拋媚眼，阿琳滿肚子困惑回到了西藥房，蘇店長再沒和她說工作內容以外的話。

「他們到底在說些什麼？背後又有什麼隱情？」阿琳工作時仍不斷思考著這個問題，不專心的工作態度讓她犯錯連連，挨罵了好幾回，最後有驚無險來到打烊時間。

阿琳離開西藥房後，往回家的路上走去，阿琳家和西藥房不過隔幾條街的距離而已，所以她也懶惰駕車來到停車場占位子，而且還得付上不便宜的泊車費。她一向都為自己的持家有道感到自豪，不過這一刻她發現有人緊緊跟在身後，印象中走出店門口就緊貼在後，她深深後悔為何不駕車上班。

「天啊……好像有人跟蹤著我，我應該轉身和他談判，或一記飛腿過去，還是直接衝回家去……以我的口才應該說服不了匪徒放過我，不要說打人就連花也沒摘過幾朵，怎麼做都是死路一條……」阿琳喃喃自語。

阿琳無計可施之際，有人拍了拍她的肩膀，阿琳準備要將拳頭印在對方的胸口上。

「啊！怎麼會是你！」阿琳驚訝問道。

「瞧你這副表情，不會是以為我是變態佬吧？你先把你的拳頭給收好，瞧你這麼失望的表情，還是你比較希望是變態佬拍你的肩膀，然後把你捉去後巷一起大唱後巷男孩的歌曲？」

來者是今天碰過面的《八卦雜誌》記者——伍鳳，阿琳眼見來者不是壞人，頓時鬆了一口氣，但同時也疑惑地問：「你怎麼這個時候找我，莫非為了什麼重要的事情，是今天下午那件事嗎？」

「我就說你和你店長不一樣，你可是醒目多了，我確實為了下午的事情想找你談談。」伍鳳單刀直入。

「我明白了，我也想知道這關於案件的事情，這裡並不是說話的好地方，我們找個地方坐下好好談。」阿琳提議道。

阿琳和伍鳳來到**大大漢堡店**，顧名思義，這裡的漢堡又大又好吃，她們點漢堡後找位子坐下，伍鳳就從背包取出昨日發生的墜山案剪報。這篇報導阿琳讀過無數次，每次閱讀都愧疚不已，她一瞬間有種想哭的衝動。

「我果然沒猜錯，你和這案件多少有一些關係，我大膽猜測，死者是貴店的顧客，今天你和她起了一些爭執，多半是因為價格不合顧客心意，繼而鬧得不可開交撕破了臉，問題還沒解決，沒想到那邊廂就聽到她的死訊，讓你良心大為不安，不懂我說的有多少是對的呢？」伍鳳興致勃勃問道。

「勉強可說百分之五十是對的，先別提我的事情，你怎麼知道死者和本西藥房有關聯呢？」

「這還不簡單，從這張新聞照片，勉強可看到證物有著類似藥罐的物品，有鑒於此我就從警方口中打探一些消息，至於怎樣打探就不是你該懂的事情。」伍鳳咧嘴一笑。

這還要問？不是從大警探的哥哥口中得知，就是使用美色色誘警官，正所謂十個男人七個傻八個呆九個壞，但全部都是好色之徒。阿琳白了伍鳳一眼。

「根據警方調查，死者在山路上駕駛摩托車，不懂因何就不小心駛入山谷，警方在死者電單車籃子裡發現三顆神祕藥丸，警方相信在山路草叢裡找到的空玻璃藥罐，原先就藏著這幾顆藥丸。」

「那藥丸多半是ＤＨＡ產品吧……」阿琳面如死灰道。

「我的天啊……確實如此，你到底知道什麼內情！」伍鳳興奮追問。

阿琳沈思片刻，把事情來龍去脈好好和伍鳳解釋一番，伍鳳聽後臉上興奮色彩褪去，取而代之的是嚴肅表情，表情轉換之快讓阿琳反應不過來。

「難怪蘇隆毅不肯多說什麼，若給外人知道內情，多半會把矛頭指向西藥房，稱西藥房為了一罐價格不貴的失物就把人給逼上絕路。就算錯不在西藥房，只要在各大媒體上大肆渲染，惹來一些正義鄉民的無腦言論，最壞情況下引來連鎖反應全城杯葛，西藥房前程將變得暗淡無光，蘇店長就不再是店長了。」伍鳳沈重道。

「原來蘇店長有這麼多顧慮……相比下來，我太不長進了，既然事情已到無法婉轉的餘地，我無法改變已發生的事實，現在能做的也只有為死者哀悼，要不我親自到逝者靈堂弔唁。」阿琳悲傷道。

「我勸你最好別去，我今早到醫院太平間進行資料搜索，正要採訪死者丈夫之際，卻撞見他與太平間看護人糾纏，歇斯底里要大家放開他的太太，說太太還沒死去，而且肚子裡的寶寶還沒出世，稱這一次他們好不容易鼓起勇氣要把孩子生下來，沒想到最終遭遇不測。他激動掙扎下，好幾位看護人被他打傷了，引起一陣不小的騷動，最後警衛將他擊昏並把他送去精神病房留院觀察。我躲在一角把握機會把這鏡頭給拍下，這樣的獨家新聞不是每天都能遇上，而且讀者對於花邊新聞大感興趣，沒準又會掀起雜誌搶購熱潮。」伍鳳興奮道。

「果然不能和記者當朋友，在你們心裡天底下沒隱私可言。」阿琳白了她一眼。

「我不需要你的嘉許或批評，只能表示這就是我的份內事，但我自認從沒謊報新聞，記者還是有著大眾不為人知的正義與堅持，這不是你們可以干涉的事情。」伍鳳攤手道。

「哼，我不想知道你們口中的正義與堅持，既然沒我的事，那我就先回去睡覺，不然明天工作提不起精神。」

「你倒不用急著走，難道你不想知道，我為何對這宗案件這麼感興趣嗎？」伍鳳微笑道。

「這不就符合八卦雜誌的精神嗎？」阿琳冷笑道。

「你未免太看得起我了，我對這案件特別感興趣，是因為這案件仍存在著不容忽視的疑點。」

「疑點？」

「警方在某段山路發現少量玻璃碎片和電單車擋風板殘骸，推測曾發生過交通工具碰撞，而這段山路左側有著滾落痕跡，下方恰好就是陳屍地點。警方將擋風板殘骸與死者電單車核對發現一致，綜合環境證據和關鍵物件，警方有理由相信是另一輛交通工具把死者電單車撞下山坡，也就是說這並不是一起交通意外，而是他殺案件。」

「你說……他殺？」阿琳驚訝得說不出話。

「那你現在是不是覺得有必要好好調查清楚呢？」伍鳳露出不懷好意的笑容。

阿琳看著這樣的她，好一陣子都無法發出聲響，只好點頭稱是。

與伍鳳會面回到家後，阿琳的心一點也不好受。

阿琳漸漸意識到，這就是無能為力的窒息感，滿腔熱血也好，滿腔無奈也好，在是非面前根本起不了什麼作用，淪為與別人沒什麼兩樣的心跳聲，喃喃地廢話一些有的沒的。這或許是她最接近罪惡的一次，當她聽到陳阿嬌極有可能遭受他人殺害，她心臟彷彿停止跳動，呼出的氣息冰冷得就像乾冰融化的瞬間，她驚訝得無法合上嘴巴，眼睜睜看著唾液一滴滴掉落在衣服上，卻提不起手去及時擦掉。

她不懂該如何面對所謂的罪惡，該退縮還是反抗。

「小姐，請問有賣補血的嗎？」顧客發問。

「我們這裡沒賣布鞋，鞋店在隔壁。」阿琳呆若木雞道。

「你這是在和我開玩笑嗎？」顧客勃然大怒道。

「我沒有在開玩笑，鞋店就在隔壁而已。」阿琳認真道。

眼看顧客破口大罵之際，蘇店長湊前遞送一盒藥物給顧客，道：「是給懷孕太太服用的嗎？」

「正是，我太太叫我幫忙買一些補血藥物，懷孕六個月了，上次檢驗有一些貧血，醫生叫她定時服下補血藥物，恰好這幾天吃完了，我就來問問看這兒有否出售。」

「這藥物應該適合你的太太，裡面含有適量鐵質、維生素B、維生素C和其他補血物質，有效促進血液裡的紅血球生成，這藥物也適用於孕婦。我建議也可多服用一些補血食物，就好比富含鐵質的食物如黑木耳、黃豆和動物肝臟，對補血方面甚為見效。」蘇店長解釋道。

「太專業了，你是藥劑師嗎？」顧客好奇問道。

「我當然是藥劑師，這裡不就是西藥房嗎？」蘇店長木訥道。

「你真幽默。」顧客悻悻然離去。

「沒想到竟然有人質疑店長是不是藥劑師，真是有眼不識泰山。」阿凱在旁碎碎念。

「這也不是什麼罕見的事情，我當初開店時鬧出不少笑話，有人質疑我是不是藥劑師，同樣的質疑，卻有著兩種含義。那麼阿琳小姐，你是否想被顧客質疑是藥劑師還是鞋匠呢？」蘇店長望向阿琳一眼。

「我剛才失態了，對不起。」阿琳自知理虧急忙道歉。

「我一向對員工的工作態度沒什麼意見，但如果因為上班發白日夢給錯藥就不值得可憐，攸關人命豈能兒戲，你自己看著辦吧。」蘇店長拋下一句就往廁所方向走去。

阿琳低頭不吭一聲，在旁的莎拉嘆了一口氣，道：「你要知道，蘇店長很少說話語氣這麼重，看來他真的是生氣了，你不會是發生了什麼事吧？看你一副沒睡好的樣子，竟然連補血藥都聽成布鞋，我真是敗給你了。」

「倒不是發生什麼事，但也不能說什麼也沒發生，總之我會專心工作，不會給大家添麻煩，真是太對不起了。」阿琳洩氣道。

「你不會是還無法忘懷前幾天的案件吧？」莎拉搖頭道。

阿琳望著她，微笑不語。阿琳腦袋裡裝著的確都是陳阿嬌命案，從伍鳳口裡得知案件目前陷入膠著，警方初步懷疑是他殺案件，目前還沒找到任何線索，為避免打草驚蛇，暫時不向大眾公開調查方向。伍鳳推測，這案件很有可能就此成為懸案，當作意外案件草草結案，不少案件因證據不足而無法明朗化，警方也有著很多考量和能力無法觸及的範圍。阿琳本想大罵警方的辦事能力低，但想到自己光說不練，根本沒資格多說什麼。

我能夠幫上什麼嗎？阿琳忍不住問了伍鳳。

伍鳳笑說，只要阿琳能夠勸導蘇店長幫忙調查，很有可能會有新的發現，至少搜查範圍有個方向，有些人天生就是推理好手，再撲朔迷離的案件也能重新組合，將真相拼圖一一拼湊。

阿琳一開始還以為伍鳳看上自己的推理能力，才會興致勃勃召她一起談話，沒想到最後是要收買她巴結店長。阿琳的腦袋再多問號也只好點頭稱是，但她不禁好奇，店長真的有他們口中的那麼厲害嗎？若真是推理天才，怎麼不去開辦偵探事務所，現在則全天候駐守西藥房，前者明明比較符合偵探特質。說到底，她始終無法相信店長能做出什麼像樣的推理，就連之前捉小偷的過程都覺得是僥幸。

「阿琳，差不多是吃飯時間，店長雖然不在，但下午顧客不多，你可以準備去午休了。」阿凱拍了拍阿琳肩膀道。

「好的。」阿琳一別平時慢條斯理整理隨身包，這次火速衝出西藥房，阿凱和莎拉看在眼裡只覺奇怪。

「這女孩是不是工作壓力太大，所以有些精神失常？」阿凱好奇道。

「搞不好是戀愛了吧？」莎拉偷笑道。

阿琳離開西藥房後，火速來到隔壁街的**好吃茶餐室**，茶餐室裡一片人潮，阿琳找了好一會兒才看見此行會面的人物——伍鳳。伍鳳戴著墨鏡，穿著紅黃搭配的韓式長裙，舉手投足都散發出明星魅力，阿琳留意到整間茶餐室顧客的目光都落在她身上，躡手躡腳在她身邊坐下，反而惹來隔壁桌的怒視相待。

「Phoenix小姐，隔壁桌的顧客怎麼看起來不大友善？」阿琳不安問道。

「凱瑟琳小姐，這還不簡單嗎，很明顯是你遮擋他們的視線，就無法一窺我的迷人風采，難不成要偷看你嗎？就不說你推理能力零蛋，沒想到觀察能力也是低人一等。」伍鳳不以為然道。

阿琳暗罵幾句，但考慮到大局為重，就不和她繼續這話題，順手叫了一碟海南雞飯。

「關於陳阿嬌命案，我想了一整晚，得出一些雛形的想法……」阿琳準備和伍鳳解說自己的見解，沒想到卻被伍鳳給打斷了。

「打住，怎麼是你進行推理，莫非你沒和蘇店長提起這件事？」伍鳳插嘴道。

「這根本開不了口，我今天工作分心反被店長罵了一頓，這情況下我也只能乖乖做工，盡可能在西藥房收集情報，等到時機成熟才向店長提出來。」

「就知道你幫不上什麼忙，難怪別人說十個藥劑師裡，九個都是書呆子。」伍鳳搖頭道。

「你不怕這句話出街後被人大肆渲染嗎？」

「這又有什麼不對的地方，總不能不讀書就能成為藥劑師吧？」

真不愧是當記者的，轉彎抹角完全沒難度——阿琳心道。

「蘇隆毅就是那剩下的天才。」

阿琳看她一而再，再而三地讚美蘇店長，開始有些聽膩了。

「那你想到什麼不妨說出來，搞不好對案情有所幫助。」

「如果幫上什麼，是不是有所謂的線人費？」阿琳小心翼翼問道。

「瞧你這副期待模樣，活像是超級市場裡斤斤計較的阿姨嬸嬸，說到錢你就精明多了。沒錯，我是可以準備一份小酬勞給你，但要視乎你情報是否合用，不合用的話自然半毛錢也沒有。」

阿琳聽到有線人費後竊喜一番，繼續追問。

「你說過店長之前幫你不少忙，他豈不是從你這邊得到不少好處？」

「恰好相反，他一毛錢都不願意收，歸根究底他不過是想贖罪才願意幫我……我怎麼和你說這麼多，你就給我老老實實地說出來，再不說你的午餐時間就沒了。」

店長為了贖罪才願意幫忙伍鳳查案？阿琳的腦袋都是問號，還是忍住不繼續追問，開口道：「正如我之前和Phoenix小姐提及，陳阿嬌在西藥房偷了一罐保健品，最後在我電話誘導下認罪，正準備前往西藥房之際，沒想到在山頂上發生交通碰撞，最終掉下山崖身亡。首先，我必須解釋山路的地理情況，這條山路崎嶇難行，沒有照明設備，就連電線桿也沒幾根，因此大多數人都選擇另一條直路前往本市區。使用這條山路的人不外乎是迷路或避開塞車路段的美食街，我們甚至笑言，使用這山路的都是來找我們家西藥房，因為根本沒幾個人來……」

「凱瑟琳，好樣的！這個切入點我從來都沒想過，沒想到你也能做出像樣的推理，我查知死者背景為癮君子，有時還將解癮藥物拿去轉售，我一開始還以為是債主尋仇導致死於非命。聽你這麼說，倒覺得還有其他可能。」伍鳳認真思索道。

「原來她是癮君子？若那孩子生下來也註定沒好日子過。」阿琳感嘆道。

「你這人是怎麼一回事，之前為死者感到可惜，現在卻覺得死者該死？這就是知識分子對於社會邊緣人的歧視，真是讓人不齒。」

「我沒那個意思，你別抹黑我的言辭！」阿琳微怒。

「好，那不囉嗦，你目前懷疑行兇者是西藥房顧客，但你有鎖定嫌犯名單嗎？別告訴我你根本毫無頭緒，如此一來和說屁話沒分別。」

「你也不必這麼快下定論，本店生意不好你又不是不知道，當天顧客再多也沒超出五十人，我相信行兇者很有可能就藏在裡頭！」阿琳篤定道。

「五十你的頭，這根本就是亂槍打鳥，真是給你氣死了，平白浪費我一小時的時間聽你廢話。」

「就算你這麼說，我已毫無頭緒了，我相信只要分別向這五十人套話，一定能夠問出什麼東西。」

「你別以為我不知道這招是偷學你店長的！」伍鳳沒好氣道。

「竟然被你發現了……那你還有什麼線索可供參考？」阿琳抓抓頭道。

「我現在還真搞不清你是出自正義感，還是八卦心態才要幫忙調查這案件，真拿你沒辦法，我確實得到一些最新線索，至於怎樣打探就不是你該懂的事情。警方在山路右側草叢旁發現的藥罐裡面空無一物，路上也沒留下任何藥丸，很有可能就只剩下死者電單車籃子裡的三粒。警方大膽推測，死者從山路左側墜入懸崖之前，奮力把藥罐丟去山路，繼而讓藥罐滾落在山路右側的草叢，試圖留下死前留言暗示兇手是誰，現在全體員警都在苦思如何破解這個死前留言。三顆DHA藥丸，簡稱3DHA，或許需要翻查一下化學書才能找到正解。就我所看，也可解說為3D的HA，會不會是喜歡哈利波特3D電影的影迷？」伍鳳大膽推測。

「我就不過問你如何打探消息，只是……警方充其量是不懂如何下手，才在所謂的死前留言打發時間吧？雖然這麼說有些不敬，但怎麼想都不可能是死前留言吧？藥罐沒藥本身已夠奇怪，畢竟死者才剛從西藥房偷取，裡面明明有著六十粒，怎麼可能這麼快吃剩三粒，搞不好剩下的藥丸都滾進懸崖了。就算死者真用力把藥罐丟去山路方向，很明顯是為了提示路人有人在懸崖下面，而不是留下死前留言啊！再說這樣的死前留言太冒險了，很有可能連自己都不懂意義何在，更會混淆查案方向，這不是一瞬間能夠想出的東西啊！」阿琳反駁道。

「聽你這麼說，還真是有些道理，還以為終於能夠領教傳說中的死前留言，果然不過是小說情節嗎？」伍鳳看似有些沮喪。

「Phoenix小姐，你別告訴我，警方除了這線索就一籌莫展，我不想對我國員警失去信心。」

「開什麼玩笑，我國員警的破案率可是頂呱呱，但在這案件貌似沒什麼作為。」

「唉，那警方預測事發時間是幾點呢？」

「死亡時間是下午五點半左右，綜合死者丈夫的說法，她四點多獨自駕駛電單車前來西藥房，之後就失去蹤跡，大可認知事發時間為下午四點到下午六點半。事發時間貌似對這起案件沒什麼幫助，聽你這麼說這條路沒幾個人使用，而且現場並不是住宅區，可說是萬徑人蹤滅啊。」

伍鳳和阿琳相視無言，同時間搖頭嘆息。

「果然是不折不扣的懸案……眼看時間也不早了，我也該回去西藥房工作，不然店長看到難免會嘮叨幾句……店長？你怎麼會在這裡！」阿琳發現店長就站在身旁，手足無措道。

「我不能來這兒吃飯嗎？我剛去銀行一趟後就來這兒吃個飯，看到你和伍鳳說得興高采烈就不打擾你們，我位子就在你們後方，有意無意聽到你們的討論內容，才知道原來你暗地答應幫伍小姐查案。你根本不把我的指示當做一回事，甚至在背後說我壞話，我這店長還有什麼顏面可言。對了，你工作分心錯誤連連，我還沒和你清算這筆帳。」蘇店長木訥道。

「我不是這個意思……」阿琳欲哭無淚道。

「既然你也來了，就順便坐下來參與討論吧，有請。」伍鳳燦爛笑道。

「伍小姐，我告訴過你很多次，我是不會再幫你調查案件，我是一名藥劑師，並不是員警或偵探般的人物，我根本不想和案件扯上什麼關係。」蘇店長提高音量道。

「就算看到死者死於非命也不聞不問？」

「警方自有辦法。」

「就算看到你家店員到處撞壁也不理？」

「選擇裝逼注定就要撞壁，再說她不是我家店員。」

「店長！我……」阿琳急得快哭了。

「她不過是實習生而已。」蘇店長接下去道。

阿琳一楞，這下還真給蘇店長玩弄一把。

「你真的這麼絕情嗎？我不想再提什麼陳年舊事，但這件事不多不少和西藥房有所關聯，警方遲早會查到你家西藥房，若事情傳開搞不好對西藥房造成什麼不好的影響，你又不是不知道這個道理。這一次不為其他人，就為西藥房而推理一次好嗎？」伍鳳楚楚可憐道。

雖然不關阿琳事，但阿琳都為伍鳳的說辭感動不已，心道美女怎麼連放個屁都是唯美畫面，說的屁話都是醒世恒言啊！

蘇店長沈思片刻後，最後坐下來，道：「好吧，我就聽你們說說這案件吧。」

阿琳為店長的轉變感到錯愕，心道這年頭就是靠外貌吃飯的年代，男人就是抵抗不了女人姿色，但為何店長對阿琳一點都不客氣，阿琳自己就不敢再想下去，以免自取其辱。

伍鳳把事情來龍去脈告訴給蘇店長聽，蘇店長聽完後臉色凝重，阿琳在旁安靜聽著，看了時鐘一眼，發現已過了午休時間，心知若遲回店裡免不了阿凱的嘮叨。

「你就別擔心會被阿凱罵，我已信息他們說帶你去藥廠取貨，她們應該設想我們傍晚才能夠回到店裡。」蘇店長看穿阿琳內心的不安。

「這樣就太好了……但是待會回去被他們發現兩手空空，那又如何解釋呢？」阿琳不安問道。

「這樣的話，他們多半以為我和你去幽會，這麼一來更省解釋的麻煩。」蘇店長不以為然道。

阿琳更為不安，只因自己仍是黃花閨女不曾談過戀愛，若給別人知道，豈不是跳到黃河也洗不清？

「我說你就別擔心太多，別人不會誤會你和蘇店長關係曖昧，明眼人都懂他和你是不可能的，更何況眼前不就有我這比較好的選擇嘛。」伍鳳插嘴道。

阿琳無語，但不得不附和伍鳳的說法，蘇店長長得說不上俊俏，但戴著粗框眼鏡散發儒雅書卷味，身形高大結實的他，儼然就是專業人士形象，只有像伍鳳這樣的大美女才能和他匹配。更何況自己根本對店長一點意思也沒，不過把他當做哥哥來看待。

「那你有理出什麼頭緒嗎？」

「目前還看不出什麼，但這宗案件毫無疑問是他殺案。」蘇店長沈思後道。

「雖說我很有把握是他殺案，但也不至於肯定就是，莫非你看出什麼玄機？」

「我是根據現場環境證據所作出的推理，你說現場殘留著擋風板殘骸，要造成擋風板碎裂免不了撞上硬物，但你我都知道，山路上根本沒什麼阻礙物，就連路燈電線桿也沒幾根，那麼能撞上什麼呢？或許你會萌發撞倒牛只的猜測，但路邊沒躺著動物屍體，這假設也就不攻自破。如此一來，就只能是交通碰撞。」

「就算是交通碰撞，也可能是一場交通意外啊。」阿琳插嘴道。

「我一開始也這麼想，但山路上少了某樣關鍵物件。」

「莫非是死者的錢包？」

「不就在死者身上嘛。」

「莫非是死者的遺言？」

「死到臨頭怎可能這麼多話。」

阿琳和伍鳳面面相覷，最終放棄作無謂的揣測，示意要蘇店長揭開謎底。

「有兩個關鍵物件，第一個就是山路上竟然沒有任何剎車痕跡。正常來說，若不小心和其他交通工具發生激烈碰撞，多半會反射性大力踩下剎車，沒有剎車痕跡意味著真兇是蓄意謀殺死者，並非交通意外。案情應是如此進行，真兇車子和陳阿嬌電單車並列之時，真兇起念將車子逼近死者的電單車，企圖讓陳阿嬌失去平衡掉入山谷，沒想到阿嬌大力反抗並擺動電單車車頭，與真兇車子車頭激烈碰撞，最終不敵車速施壓墜入山谷。」

「我沒想過沒有剎車痕跡背後有著這樣的意義。」伍鳳目瞪口呆道。

「難怪山路上有著滾落痕跡，看來死者是被撞倒後電單車拖地失速，造成擋風板碎裂一地，最終跌入山谷。」阿琳驚道。

「那，第二個關鍵物件是什麼？」伍鳳追問道。

「第二個就是理應散落一地的藥丸。正如阿琳推測的一樣，裡面原本裝有六十顆藥丸，為何只剩下三粒在死者電單車籃子上？雖有可能碰撞後大多數藥丸都掉落山谷，但山路上不該殘留幾顆藥丸嗎？我不相信一顆也沒留在地上，唯一可能就是真兇事後把藥丸全部撿起來。」蘇店長解釋道。

「原來如此，但藥丸掉落一地對真兇有何不利之處，就算要掩飾車禍痕跡，好歹也該把擋風板殘骸和玻璃碎片給掃一掃啊！」伍鳳不解道。

「這背後動機恐怕是為了掩飾真兇的身分。」

「地上散落一地的藥丸又和真兇什麼關聯？」阿琳皺眉道。

「你知道這藥丸是什麼藥物嗎？」

「不就是DHA產品嘛。」

「既然你懂為何還是看不透？」蘇店長搖頭道。

「這又能證明什麼，懂本店不見DHA產品的根本沒幾個人，莫非……就是我打電話的幾個顧客裡，其中一人就是真兇？天啊，這恰好符合我剛才的推理，即行兇者就是本店顧客，但沒想到就是晚上來拿贈品的幾個顧客！我……還是不明白地上藥物和真兇有什麼關係……」阿琳無力道。

「嗯，我確實懷疑著那幾位顧客裡其中一位就是真兇，真兇原本沒存著什麼心機，只是純粹到本店領取賠償品，沒想到在路途上發生碰撞，善後時發現藥丸散落一地。真兇當下心想，偷取西藥房的DHA產品原來就是死者，若放任這些藥丸，很容易讓警方聯想去西藥房，自己晚上來西藥房一趟的行蹤就會曝光。有鑒於此，他決定清理路面的藥丸後，才到西藥房一趟。」

「真兇有餘力清理地面上的藥物，為何不順手把藥罐拿走？」

「這並不難理解，只因藥罐藏在隱秘草叢裡頭，真兇一時間無法找到，抱著僥倖的心態不會給人發現，沒想到始終還是天網恢恢疏而不漏。」伍鳳插嘴道。

「原來如此，我還是有些不懂的地方，既然都發生交通意外，那麼及早離開現場，不去西藥房不就一了百了嗎？」

「阿琳，這又未必，畢竟顧客都說好晚上前來領取贈品，臨時不來反而叫人起疑，免費東西誰不要，況且這還是賠償白天的精神損失呢。」蘇店長解釋。

「你說的不無道理……好吧，那我們現在把嫌犯鎖定在領取贈品的顧客群裡，分別是買傷風藥的碎花孕婦裝太太、買羊奶粉的紅衣太太、買牛奶粉的藍衣太太、買荷爾蒙藥物的黑衣太太、買緊急避孕藥的男子和買荷爾蒙藥物的黃衣太太。這幾位顧客當晚確實來到店裡領取贈品，我那時就覺得他們神情有些古怪，但就是無法想像其中一人是真兇。」阿琳抓抓頭道。

「天啊，這是何等不入流的嫌犯列表，若以上說明出現在推理小說裡，免不了被讀者大罵一點也看不明白，再說不可能幾天後還是穿著一樣顏色的衣服啊！」伍鳳碎碎念。

「看不明白就翻閱前面的章節，再說，我根本不可能會有什麼讀者啊！就算第二次前來的穿著不一樣那也罷了，畢竟我不可能記得他們的名字，所以，就讓我繼續瞎扯下去。」阿琳不以為然道。

「我不和你廢話下去，蘇隆毅你快點給我揭曉真相，時間真的不早了。」伍鳳看了手錶一眼。

「人家看見我們大白天在外面流盪，多半會以為便宜西藥房倒閉了。」蘇店長面不改色道。

「店長你別開這種玩笑，若西藥房倒閉，我不就失業了……那我長話短說，基於店長全權交給我向顧客謝罪，我推辭不來，只好硬著頭皮上陣，給顧客賠償品之餘，更親自幫他們拉開大門，並恭恭敬敬幫忙把東西拿上車，只差沒鋪紅地毯給他們走過，如此一來我不可能忘記顧客前來的順序。」

「慢著，我不是叫你躺在地上讓顧客踩過去嗎？」蘇店長插嘴道。

「原來你是認真的……」阿琳驚訝道。

「你別廢話，趕快進入正題！」伍鳳不滿道。

「又不是我要打岔的，首先本店準備了兩種贈品，一是三公升包裝的檸檬芳香沐浴露，二是維生素C藥丸精裝盒，說穿了就是賣不出快要過期的產品，我們不懂如何處置這些滯銷物，就順手給顧客當贈品。

「四點半左右，買過羊奶粉的紅衣太太到來，這次還是穿著紅衣服前來西藥房領取贈品，她看到維生素C快過期了嘮叨幾句，最後選擇了沐浴露。我觀察到她臉上有些紅腫，她說吃錯東西造成過敏症狀，我就順道賣了過敏藥物給她。我送她到門口，看見她車子是最新款的四輪驅動車，驚嘆這貌不出眾的太太竟然是富太，留意到車尾有些落漆，她說剛剛在山路下的交通燈發呆，踩油門往後移動，碰撞了後方的車子，對方略有微言，她立馬賠償五百元解決。她說自己一向駕駛緩慢，發生交通意外還是生平第一次。我幫她關門後，正要離開之際，她竟然把車子退去我的方向，所幸我及時躲開，才沒釀成意外。我懷疑她的車尾警報器是不是壞掉了？

「再過了五分鐘，買牛奶粉的藍衣太太來了，這次她穿的是淺藍色衣服。她拿了維生素C藥丸，說要給自己的貓兒服用，我真搞不懂她的邏輯。我看了她一眼，發現她眼睛有些紅腫，提醒她要稍微遠離動物避免感染，她也買下眼藥水。我送她出門，發現她駕著電單車，是一輛上了年紀的老摩托，我好奇問了她能在山坡上行駛嗎？她笑回，就是因為上不了山坡，才會繞路前來。我總覺得自己好像在哪裡看過這位女子，我是指西藥房以外的地點看過她。」

「再過了十五分鐘，買荷爾蒙藥物的黃衣太太來到，依舊是穿著一身黃衣。她進門就是不斷地埋怨，我從頭到尾都是在道歉，她本來伸手去拿沐浴露，猶豫片刻後就拿了維生素C，說最近身體有一些熱氣。我問她需要買一些退燒藥否，但她婉拒了。我送她離開店門，她說不需要這麼麻煩，但我還是堅持幫她拎去停車處，發現她的丈夫在車裡等候。她車子是最新款的外國房車，車頭有著磨損的痕跡，我不禁感嘆這年頭多的是魯莽司機。先生從車子裡伸手向我握手致謝，我發現他手異常溫暖，心道這麼熱的天氣不開空調怎麼行。

「十分鐘後，買傷風藥的碎花孕婦裝太太抵達，她始終還是那身碎花裝，但花樣有些不一樣。她一開始選擇維生素C，看到快逾期就選擇沐浴露。我觀察到她走路姿勢有些不自然，她推辭說剛剛抽筋，休息一陣子症狀還是無法舒緩。我推薦她服用維生素B1、B6、B12綜合藥丸[7]，但她擔憂孕婦無法服用就推辭。我幫忙她拿贈品到車上，發現她駕著貨車，車後放超多的衣服盒子，我才知道她是擺地攤的。我感嘆大腹便便的她還須靠自己養活家庭，無意中看到車子左側車鏡碎裂，不用問必定是受到無禮人士欺壓，這年頭連孕婦也沒能享有什麼特權。」

「五分鐘後，買荷爾蒙藥物的黑衣太太到達，這次穿的是灰色衣服。她毫不猶豫選擇沐浴露，說剛好家裡的所剩無幾。她問能否販賣荷爾蒙藥物，說經期還是沒來，我記得店長懷疑她試圖利用藥物進行墮胎，就搖頭婉拒了。她匆忙走出店門，我在門口觀察她上了一輛電單車，和某男子低頭說了幾句，轉頭瞪了我一眼就匆匆離開。這下我還真是糊裡糊塗地得罪顧客了，話說在前頭店長你可別辭退我！」

「二十分鐘後，買緊急避孕藥的白衣男子來到，這次仍然是白衣。他拿了沐

[7] B1、B6、B12綜合藥丸（Vitamin B1, B6, B12），由三種維生素B組成，分別是維生素B1（硫胺）、維生素B6（吡哆醇類）、維生素B12（鈷胺素），普遍用於用於治癒神經損害及神經發炎。

浴露後，順手拿了安全套，這傢伙竟然還問我哪一個安全套比較好用，分明就是性騷擾，我氣得罵了幾句，他也就悻悻然離開。我看著他駕著國產車，發現他車子左側門有著明顯的凹痕，看起來曾遭遇一場嚴重的車禍，但看他好像沒事地把車子駕走，似乎是沒那個打算要修理車子。這傢伙腦子裡裝的想必都不是什麼正經事。」

「以上這就是當天領取顧客的經過，細節大致上應該是對的。」

阿琳好不容易把當天下午顧客進出說得一清二楚，在旁的伍鳳和蘇店長聽得入神。

「我是看不出什麼問題啦，他們都不像大惡人，若他們其中一人真是兇手，害死一條人命後再到西藥房只求消除自身嫌疑，怎麼可能會有這麼淡定的人呢？」阿琳始終無法接受人心險惡。

「阿琳小姐，這些話虧你說得出口，這世界上多的是你不能苟同的人性和無法理解的惡意。」伍鳳搖頭道。

「難不成你看出誰是兇手？」

「我當然是不知道啊！」

不知道還這麼理直氣壯！

「那蘇店長呢？」

「兇手很明顯就是阿琳列出來的其中一人，你們怎麼會看不出來是誰，該不會是故意把推理時間交給我吧？要多說什麼實在太麻煩了。」

「店長你知道真兇是誰？快點告訴我們！」

「迷團像疾病一樣，必須對症下藥。」蘇店長沈著道。

「你這個時候竟還能不忘自身專業！」阿琳沒好氣道。

「這個破案宣言還是一如既往無力！」伍鳳沒精神道。

「要知道誰是真兇，必須先瞭解幾個重點。一，為何真兇要殺害陳阿嬌？二，為何現場的藥丸消失了？三，陳阿嬌身上到底發生了什麼事情？」

「她有發生什麼事嗎？蘇隆毅你別賣關子，馬上說答案！」

「我突然又不是很想說了。」

伍鳳和阿琳面面相覷，為這任性店長感到納悶。阿琳發現店長看似面不改色，但眼神散發出讓人無法接近的銳利，身體某個開關好像被打開了，那種感覺就像跑道上準備起跑的跑者一樣，蓄勁待發。

那，對於阿琳來說，知道真相後又有什麼分別嗎？

阿琳很喜歡看電影，特別是犯罪電影，純粹是覺得好看刺激，鬥智鬥勇的戲碼，槍械大戰的轟炸，警匪飆車的酷炫，無不衝擊阿琳的感官。或許更多是因為她以為罪案是天方夜譚，就像奇幻故事裡的巫婆是不存在的。就算報章每天刊登再多的治安動蕩，或者人為犯罪刑事欺詐，她總覺得這一切距離她都很遙遠，從沒想像有一天會陷入其中。

一開始阿琳得知伍鳳是記者後，並且追查著陳阿嬌案件，她的確很想為死者討回公道，彌補自己間接害死人的愧疚，也如伍鳳所說，追查案件確實很有趣。她沒想過自己有機會參與案件調查，給一些意見整理案情，直到真相浮現在眼前，她也沒感到太大的滿足感。她漸漸不明白，自己是為了什麼而蹚入這趟渾水，是正義感驅使下，或良心過意不去，還是那無謂的求知欲？

若故事到了這裡就結束，那麼生者能為死者做些什麼？

阿琳站在櫃台上想得入神，突然有人從背後砸她。

「阿琳，你這幾天越來越厲害了，竟然公然在上班時候發白日夢，上次還給我吃午飯吃到晚上才回來，不要以為你是實習藥劑師就可落得輕鬆，是不想幹了是不是！」阿凱震怒道。

「對不起，我現在就去幹活！」阿琳恭恭敬敬道。

「幹什麼活，根本沒顧客上門啊！」

「那我發呆又有什麼問題？」

「給我擦掉你嘴角的口水，給顧客看到多麼難看。」

阿琳這才驚覺自己嘴角流出口水不自知，尷尬笑了幾聲匆匆擦掉，阿凱交代幾聲後就去吃午餐了。

「莫非阿琳感到很不安？」在旁的蘇店長冷道。

「與其說不安，不如說茫然，我不懂自己在做什麼，好像在做著一件很糟糕的事情，昨天還因此睡不著。」阿琳誠實道。

「我早就告訴過你，不要和罪案有所牽連，現在想改變主意也不是不可以。」

「我無法接受，若選擇逃避，不就眼睜睜看著死者枉死嗎？」

「那你又能否承擔將一個人送進監獄的罪惡感，就算那人罪有應得，你良心又真能過得去嗎？」

「我不知道……」

「我就明說吧，當初我不願意協助伍鳳調查案件，主要是因為不想讓西藥房名譽受損，部分原因是不想讓你有所牽連，我清楚明白，一旦扯上罪案，對你的人生沒有任何好處，甚至讓你不再相信人性，這樣的考量下，我就拒絕協助伍鳳的委託。我只是沒想到，最後是你自己選擇牽連在內。」

「店長原來有這麼深入的考量……」

「陳阿嬌之死明明錯不在你，你也扛下害死她的內疚感，若涉及更深恐怕難以抽身，不過看你倒也玩得挺樂，當偵探的感覺如何啊？」蘇店長輕蔑道。

「說不上好玩……那店長我們現在該怎麼辦，靜候真兇前來然後要他去自首，這樣就可以了嗎？」

「阿琳該不會是以為我們效仿偵探電影一樣，叫一大堆人來到大廳，然後列出疑點，並把矛頭指向某個人，大聲說你就是兇手之類的話。這樣的做法太麻煩了，我們根本沒那個權利指派這麼多人，警方也不會聽我的話，況且我不肯定自己的推理是否正確，到最後搞出一個大烏龍，影響西藥房聲譽就不划算。」

「我還以為要做到這個地步……聽其他店員說，你之前不是曾偵破一些案件，照理來說應該和警方關係不錯？」阿琳奇問。

「你們還真不是普通的八卦，我是有幫忙查案沒錯，但警方都不知道案件由我偵破，我都是把推理結果告訴伍小姐，然後任由她自行發揮，我不清楚她是否利用這些推理和警方商議情報交流，或者幫助警隊的某人升官發達，總而言之不關我事，我對這些一點興趣都沒有。」

「所以面對面和顧客對峙，是基於店長慎重考慮下的決定？」

「應該說這是最專業的做法，更符合藥劑師這個身分，與其說是對峙，不如說是藥物輔導。」

「真兇哪裡有什麼病？」不會是暗指兇手腦袋有問題吧？

「沒有人背負罪惡感能過得快樂，這輩子恐怕也不會好受，這為心病，然而心病終須心藥治，恰好就是藥劑師的工作範圍了。」

正當他們討論時，這案件的關鍵人物終於踏入西藥房，那人是買過羊奶粉的紅衣太太。阿琳和蘇店長立刻閉上嘴巴，而在旁的莎拉向前招待顧客。

「太太你好，又見到你了，請問需要什麼嗎？」

「我昨晚收到店長的電話，說我抽中了限量紀念品，叫我今天前來領取。」紅衣太太笑容滿面道。

「對，恭喜你，這就是你的贈品！」阿琳快步向前，遞給她沈甸甸的禮包。

「怎麼又是沐浴露啊！若知道是沐浴露我就不要來拿了，上次拿的都還沒開，我就知道免費沒什麼好東西。」紅衣太太不滿道。

「讓你笑話了，如果不適用也可轉送給親朋好友，總有用得著的地方。不過，我有件事情想請教你，你曾說過在山路下的交通燈不小心後退撞車，還賠償給對方一筆費用，不知道那人我是否認識？」蘇店長進入正題。

這時候有人進店，聽到蘇店長的發言後和他視線對上，頓時心虛望向地上。

「你應該也認識，啊，就是這位剛抵步的太太，那天我們同時間到這裡買東西，沒想到在山腳下交通燈前發生一些碰撞，但這又有什麼問題，莫非她向你投訴賠償金額不夠？」紅衣太太低聲問道。

「沒這回事，你可以離開了，謝謝你的到來。」蘇店長恭敬道。

「我昨天收到電話要我來這兒領取限量贈品。」剛抵步的黃衣太太，右肩掛著手提包，不安道。

「恭喜你，這就是你的贈品！」阿琳快步向前，也遞給她沉甸甸的禮包。

黃衣太太伸手要拿，突然表情扭曲，把東西弄掉在地上，低聲說不好意思。

「就算你不喜歡這贈品，也不應該亂丟吧？」在旁的莎拉瞪了她一眼。

「我不是故意的，況且我不想要這廉價禮品，害我白來一趟。」黃衣太太不屑道。

「給你添麻煩了，我這就吩咐員工幫你送去車子上，不懂太太能否借鑰匙開門，你暫且留步，我這就為你提供免費的體檢服務。」

「哼，我不和你計較，鑰匙拿去，別弄髒我的車子。」黃衣太太把鑰匙丟給莎拉，莎拉嘟囔幾句就拎著禮包出去。

蘇店長為黃衣太太測量血壓，若有所思道：「那禮品你不是不想要，是因為拿不起吧？我注意到你手提包這次掛在右肩，而不是之前的左肩，正常來說每個人都有著自己的提包習慣，如此更改莫非是因為你的左肩無法用力？」

「你的觀察能力真好，我的左肩確實有些拉傷，人老不中用，一小拉扯就受傷了。」黃衣太太不以為然道。

「我在想，這會不會是當你推倒陳阿嬌時，她捉著你的手拉扯留下的肌肉損傷？」蘇店長一貫沈著道。

現場頓時陷入讓人窒息的沈默，只聽到測血壓機測量聲，測量結果黃衣太太血壓為一百四十／九十，心跳一百，意味著黃衣太太正處於緊張狀態。

沒錯，根據蘇店長的推理，黃衣太太就是殺死陳阿嬌的兇手。

「誰是陳阿嬌？我不知道你在說什麼，但我提醒你不要亂說話，這年頭還是小心發言比較穩妥。」黃衣太太冷道。

「剛剛離去的紅衣太太說，陳阿嬌事發當天，她前來西藥房的時候，在山路下的交通燈不小心後退碰撞你的車子，事後她也就匆忙來到西藥房領取贈品。奇怪的是，明明你的車子尾隨身後，為何會比她遲了二十分鐘前來？」

「我不懂陳阿嬌是誰，若你是指剛才的紅衣太太，沒錯，我的車子確實被她撞了，但人家願意賠償不就解決了。至於為何遲一些，我駕車速度比較緩慢，這樣又不是什麼值得大驚小怪的事情。」

「紅衣太太自稱駕駛速度不快，況且在山路上誰又能恣意加速呢？恐怕你整頓車子後，仔細檢查沒什麼大礙，比紅衣太太慢五分鐘駛入山路，這時候你無意中發現陳阿嬌在這條山路上，一時鬼迷心竅就把她給推倒，造成她墜崖身亡。」

「開什麼玩笑，你說我用手推倒她？我駕駛時怎麼可能把手伸去左側推倒她，這根本是不可能的事情！」黃衣太太反駁道。（作者按：馬來西亞的汽車駕駛席在右側）

「司機是你的丈夫，你就坐在左側乘客席上，當陳阿嬌與車子並列，你搖下車窗就能很容易地推倒她了。」阿琳插嘴道。

「呃，你不是說你毫不知情嗎？怎麼知道她就從山路左側掉進山崖？」蘇店長搖頭道。

「我……有看新聞所以知道一些，總而言之這件事和我一點關係也沒有！」

「實習生說你領取贈品時，明明是要選擇沐浴露，最後改變主意選了維生素C。你不是不要沐浴露，而是你的手根本拿不起三公升裝的大瓶沐浴露。你先生和實習生握手時異常暖和，這也說明了你車子根本沒開空調，這種大熱天沒不開空調的道理，新款車子空調不可能出問題，唯一合理的解釋就是右側車鏡消失了，空氣流通的情況下根本無法打開空調。」

「我們開不開空調又關你什麼事！」黃衣太太面色難看道。

「根據現場環境指出，藥罐就躺在馬路右側的草叢，警方能夠找到藥罐還真是走狗屎運。我一直在想，什麼原因會讓藥罐掉落去與死者墜落地點完全相反的方向，聽了實習生的陳述後，我終於知道這案件如何發生。那天你與死者並列在山路上，搖下車窗伸手推了陳阿嬌一把，沒想到陳阿嬌突然發難，反捉了你的左手肘，大力拉扯下你的手被拉傷，你一氣之下就雙手用力一推，陳阿嬌也就歪向馬路左側，電單車倒下橫掃馬路，造成擋風板碎落一地，陳阿嬌墜落前從車藍拿出藥罐，往你的方向奮力一丟，沒想到就穿過你身旁，狠狠擊碎了司機右側車鏡，再飛去馬路右側的草叢。

「太太你停車在一旁後，發現自己犯下彌天大禍，陳阿嬌已墜山身亡，適才飛過來的藥罐沒關緊，更讓藥丸在車和山路裡灑得滿地都是。你和丈夫急忙清理地上的藥丸，避免他人發現陳阿嬌是西藥房顧客，繼而得以追查下去，可惜你們沒能找到藏在草叢裡的藥罐……來到西藥房之前，你們就停泊在垃圾桶處，清理車上的車鏡碎片，藥丸也沒花太多時間清理，沒想到抵步後某不醒目的西藥房店員堅持幫忙送貨，讓你們可是著急不已，草草說幾句後就驅車離去。」

「你……這一切都不過是你的猜測，沒真憑實據不要亂說話……我沒有殺人……」

「我不是員警，搜集證據不是我該做的事情，但仔細搜索車子應該會有所發現，不管怎麼打掃一定會留下一些車鏡碎片，搞不好還殘留著幾顆藥丸沒清理好呢。」

「沒錯，我這就在你車子裡找到一顆DHA藥丸，我已拍照作為證據，不容你狡辯。」莎拉站在門口大嚷。

「原來你們借送貨之名，在我車上亂來！」黃衣太太怒道。

「事到如今，你還有什麼話要說？」阿琳正聲問道。

阿琳得知黃衣太太是兇手後，感到吃驚不已，因她看起來就是平凡不過的女人，雖說不上和藹可親，但也不至於憤世嫉俗，無法將她與殺人惡行聯繫起來。

「事到如今我沒什麼好說了，那你們現在要我怎麼做，莫非要我死在你們面前才滿意嗎？」黃衣太太洩氣道。

「殺人不能解決問題，自殺也是，我選擇和你面對面對質，而不是通過警方緝拿，無非是想給你自首的機會，我明白每個罪人都有自己的苦衷，但你一日不去贖罪，你這輩子心裡也不會好過。」蘇店長搖頭道。

黃衣太太沈默不語。

「你為何會殺害陳阿嬌，根據情報顯示，你根本和她不相識啊！」阿琳插嘴道。

「我沒什麼好說。」黃衣太太搖頭道。

「阿琳，你知道黃衣太太要買什麼藥物嗎？」蘇店長轉頭問道。

「聽阿凱說，好像是要買炒米粉。」

「真是敗給你們了，她要買的是一個名叫可洛米分的藥物。」

「噢，沒記錯的話這是排卵藥！」阿琳恍然大悟道。

可洛米分[8]，為一種治癒不孕症的藥物，這藥物在婦產科醫院並不罕見，只是需要專科醫生診斷才能服用，那天顧客詢問這個藥物，蘇店長直說本店沒存貨，建議先看專科，顧客也就沮喪離去。

「我想黃衣太太得知本店沒出售這藥物後，心情有些沈重，沒想到這時候聽見陳阿嬌等人在店裡大叫懷孕喜訊，還隱約聽到陳阿嬌有著墮胎的念頭，頓時對她恨之入骨。那天在山路下車子被撞，心情更為惡劣，沒想到這時看到陳阿嬌出現在山路與她並列，黃衣太太頓時鬼迷心竅，想要讓這個人從她眼前消失，於是就用力一推……」

[8] 可洛米分（Clomiphene citrate），為治療不孕症的藥物，通過改變婦女體內女性荷爾蒙的平衡，促進卵巢的排卵，以及增加母體受孕的機會。

「求你不要再說了……」黃衣太太抽泣道。

「我必須繼續說下去，不然你根本不知道自己犯下多麼愚昧的錯誤！阿琳，你還記得陳阿嬌在店裡驗孕是什麼時候嗎？」

「報告店長，時間大概是中午十二點。」

「我那時看你當場幫顧客驗孕大感無言，正常來說驗孕必須在早上起來後馬上測驗，因起身後的第一次尿液裡的人絨毛膜促性腺激素[9]水準最容易檢測出來，早上驗孕為驗孕基本常識，當然不排除有例外。陳阿嬌中午順利驗孕成功，我百思不得其解，直到聽到伍鳳提到死者是癮君子後就明白了。」

「報告店長，我聽不明白。」

「就算是驗孕成果是陽性，也有可能是假陽性反應，造成原因可能是使用方法不當、藥物影響或造成人絨毛膜促性腺激素水準增高的疾病。」

「陳阿嬌是癮君子又有什麼關聯……啊，我明白了，是美沙酮[10]！」阿琳失聲道。

「沒錯，美沙酮療法有效地協助戒毒者減輕他們的毒癮，身為癮君子的陳阿嬌，尿液自然殘留著美沙酮，也造成驗孕成果假陽性反應。」

「這麼一說，當初我聽陳阿嬌說她沒什麼食慾，肚子有些絞痛，失眠導致精神

[9] 人絨毛膜促性腺激素（Human chorionic gonadotropin，HCG），為常見的「妊娠試驗」激素。這種妊娠試驗利用一種叫做人絨毛膜促性腺激素（HCG）的賀爾蒙，這種物質會出現在孕婦的尿液或是血液之中。

[10] 美沙酮（Methadone），屬於合成鴉片類親和劑（Opiate agonist）。美沙酮具有許多嗎啡的藥理性質，注射施與為藥效與嗎啡相當的止痛劑，因重複使用會因累積產生明顯的鎮靜作用，限制其臨床用途，至1965年才被美國用在海洛因成癮者之維持療法上。

不佳，無故發冷，和有些作嘔，莫非這就是海洛因戒斷症狀[11]而不是懷孕症狀？天啊，我怎麼會把兩者給搞混！」阿琳尖叫道。

「不是吧……我竟然害死了一個無辜的人……我到底做了什麼……」黃衣太太無力跌坐在地上。

蘇店長搖頭嘆息，湊近道：「或許你以為沒辦法生兒育女是你人生最大的遺憾，但過好每一天就是對生命的尊重，就算無兒無女也能活得精彩，嫉妒別人的幸福只會帶來不幸，人生已經如此的艱難，別讓自己活得太辛苦。」

阿琳不禁暗呼，店長原來也會安慰人，而趴在地上的黃衣太太痛哭流涕無法自已。

這起西藥房失竊案引起的車禍事件，就在黃衣太太的自首下劃下句點。伍鳳如願得到獨家頭條，報導內容專注在真兇殺人動機和死者的悲劇人生，在當地掀起熱議，她也信守承諾不報導西藥房失竊案，對便宜西藥房來說這變成無關痛癢的路邊新聞。阿琳的實習生活也回歸平靜，經此一事不多不少領悟這世界不為人知的殘酷。

「事情是解決了，但本店生意還是不怎麼樣。」莎拉嘆道。

「看到店長能夠洋洋灑灑說個一小時解說案情，就知道本店生意讓人擔憂。」阿凱沒好氣道。

[11] 海洛因戒斷症狀（Heroin withdrawal symptoms）。海洛因成癮的患者，想要戒除海洛因將面臨難熬的戒斷症狀，例如心情惡劣、噁心或嘔吐、肌肉痠痛、流淚或流鼻水、瞳孔放大或豎毛或流汗、腹瀉、打呵欠、發燒和失眠的情況。

「至少做了一件好事。」阿琳微笑道。

事後阿琳向店長詢問什麼時候發現黃衣太太是兇手，店長說一眾嫌犯裡就只有她擁有殺害陳阿嬌的動機。此外，黃衣太太抵達西藥房領取贈品的時間，與其他人間隔較長，才能做到在山路完全避開他人不被發現。店長說出口的瞬間，讓阿琳更為驚嘆。

阿琳望了蘇店長一眼，看見他還是一貫冷漠站在一旁不出一聲，觀察著店外熙來攘往的人群，到底他眼睛注視著的是什麼光景，腦袋裡想的又是什麼，才能造就他擁有如此超凡的推理能力。這次案件也讓阿琳見識到店長溫柔的一面，心想店長也不是表面般不近人情，可能發生一些事情讓他性格從此轉變。

阿琳突然慶幸自己能夠在這兒工作，雖然工資不高，但實習經驗絕對不是別人能夠體驗的，因為這裡可是掛著藥房招牌的偵探事務所！

「我在想，要不要叫你們去派傳單招徠顧客。」蘇店長突道。

「派傳單太沒品了！」

「要不效仿某座城市的理髮店店員，穿公雞裝拿大剪刀跳彩帶舞，你們就穿上膠囊裝跳個騎馬舞好了。」

天啊，這果然是一間生意很不好即將倒閉的西藥房！

第二話：請聆聽藥盒的遺言

這是一個如往常般炎熱的下午。不懂什麼時候開始，阿琳身處的城市已經好久沒下雨了，雖然明白本地天氣不是熱天就是雨天，但炎熱到滴雨不下的地步還真是匪夷所思，一些地區甚至面臨供水問題，聽一些農民說果樹歉收，今年註定吃西北風，人民哀怨聲此起彼落。

阿琳在店裡望著門前冷清清的街道，與天氣炎熱形成強烈的對比，悶得直打呵欠，差一點就站著睡著。這是阿琳在便宜西藥房工作的第二個月，一開始笨手笨腳幫倒忙，日子下來漸漸習慣西藥房的日常工作，並意外發掘店長不為人知的一面，她如今對這份工作可是興致勃勃。阿琳望了四周一眼，發現店長在倉庫處理著進貨記錄，阿凱則觀賞著電視節目，就剩阿琳和莎拉坐在櫃台處，兩人相視微笑，為工作空閒感到莞爾。

「阿琳，說起來你還是本店的第一個實習藥劑師，好奇問問，你難道沒考慮在醫院工作嗎？」莎拉好奇問道。

「現在人少少我直說好了，事實上我是等不到醫院通知才來這兒任職，畢竟在醫院實習過才算合格的藥劑師。我這麼說，不是指這邊學不了什麼知識，但在醫院能和醫生近距離接觸，一同為住院病人思索最好的醫療方案，這都是書本上學不來的可貴經驗。在西藥房工作固然能學會給基本藥物，和顧客進行溝通，但也意味著這輩子只能在西藥房工作，沒在醫院受訓過自然無法轉去那邊工作，反之從醫院轉來西藥房工作就簡單多了。」

「言下之意，若你收到來自醫院的任職信就會辭掉這邊的工作？」莎拉若有所思道。

「噓……小聲一點，給店長聽到就不好了，這的確是我的打算沒錯……」阿琳心虛道。

「你也不必擔憂什麼，你覺得有什麼逃得過店長的法眼呢？」

「這麼說也是，說起來我們光明正大聊天真的沒問題嗎？」

「不懂你發現否，其實本店不需要太多店員，因為根本沒什麼生意。」

「我發現很久了，但不敢說出來，怕被炒魷魚。」阿琳低聲道。

「這樣的情況下，店長還不嫌棄地聘請你，你不覺得欠店長一份恩情嗎？」

「天啊，你這麼說，我更加難為情了！」

正當阿琳糾結之際有顧客進店了，來者是一名戴著眼鏡、長相斯文的男人，樣貌不差身材不矮，美中不足的是有個大肚腩，讓人不禁納悶肚腩大小還真與年齡無關。

「店長在哪？」眼鏡男冷酷道。

「店長在倉庫工作，請問需要什麼嗎？」

「這樣啊……若我喉嚨痛你會建議什麼藥物？」

阿琳發現身旁的莎拉有意無意遠離櫃台，大覺奇怪，但也順口回答：「若喉嚨痛，我建議你服用待克菲那[1]，可有效疏解喉嚨疼痛，每次一粒，一天服用三次即可。」

「就這樣而已嗎？」眼鏡男輕蔑一笑。

「就這樣有問題嗎？」阿琳奇問。

「當然有問題，不要說作為西藥房員工，你也說不上是一個稱職的藥劑師。」

阿琳瞠目結舌，為之氣結。

「首先你該問顧客為何會喉嚨痛，多少天不舒服了，待確定病人問題後就可對症下藥。給止痛藥是沒錯，但該一併給消腫藥物如木瓜酵素藥片[2]，當然也別忘記

1 待克菲那（Diclofenac）為一種非固醇類止痛及抗發炎藥物（NSAID），此藥可消除多種輕微到中度的疼痛，如頭痛、牙疼、月經痛，以及肌肉扭傷所引起的疼痛等。

2 木瓜酵素藥片（Papain），從木瓜抽取的酵素而製成的藥片，有著抗炎消除水腫的作用。

喉糖就是最基本的輔助品。」

阿琳暗呼不妙，隱約覺得這人來頭不小。

「你別以為這就告一段落了，該把握機會向顧客行銷保健品，好比介紹可促進身體免疫力的草藥產品，要不就是維生素C，你不會不懂維生素C什麼功效吧？」

「缺乏維生素C會患上維生素C缺乏症，也就是大家熟悉的壞血病。[3]」阿琳努力回想起教材書上的內容。

「就這樣而已嗎？」眼鏡男皺眉問道。

「我現在只記得這個……」

「天啊，我真不懂你在這間店裡學了什麼，連維生素C的功效都不會，讓我告訴你，維生素C擁有抗氧化功效，所以普遍上能加強免疫力，減少感冒的風險。此外維生素C更能確保心血管健康，對於癌症、糖尿病病人的健康有著一定的功效。只要按照建議劑量服下，可說是非常安全並無副作用的保健品，所有年齡層都適用，這也意味著該嘗試向每個顧客推銷維生素C，你連功效都記不牢，更別說要提高營業額了。」

眼鏡男口若懸河，在旁的阿琳無地自容，這時候蘇店長從倉庫走出來，硬生生地插入他們的對話。

[3] 壞血病（Scurvy）病徵包括皮下出血、流牙血、曲髮、皮膚嚴重角化（Hyperkeratosis）、關節痛、眼乾、口乾、水腫和傷口難癒等。

「你這麼久沒出現，一來就欺負我們家的新店員，怎麼說都有失身份吧，周秋翔。」蘇店長冷道。

「阿蘇，不要說我多嘴，這些是基本不過的行銷知識，一直聽說你店的營業額不佳，如今我才懂你對員工過度縱容，這樣做生意的態度是行不通的。」眼鏡男——周秋翔搖頭回應。

名為周秋翔的眼鏡男直接稱呼蘇毅隆店長為阿蘇，似乎和他關係匪淺。

「我並不是對員工縱容，而是我也不擅長這樣硬銷產品，總不能學你那樣，在店裡裝十多個電眼監視員工上班，規定每個員工每小時必須達到幾百元的營業額才有特別獎金，每天下午檢討今天的營業額並呵斥辦事不佳的員工，堂堂藥劑師都給你整治得毫無尊嚴。我敢說，若我在你那邊任職，恐怕也會給你辭退。」蘇店長冷漠回應。

阿琳這才意識到眼前這人是同行，而且是其他西藥房的店長，難怪能如數家珍地說出給藥建議。

「我都搞不清楚你是做生意還是做慈善，就不提這個，我找你是要談談貨源問題。」

他們兩人進入會客室討論，阿琳和莎拉同時間鬆了一口氣。

「莎拉，這個人好討厭，他到底是誰？」阿琳壓低聲量道。

「你有所不知，他是店長相識多年的朋友，兩人自中學來就非常要好，更一同升上同樣的大學，畢業後還是保持親密關係，這間店也是在他的幫忙下才順利建立。可是這個人很死心眼，滿腦子都是如何賺錢，每次來店都不給什麼好臉色看，你久而久之就會習慣了。」莎拉忿忿不平道。

「這種賤人說的話你們不必那麼在意，反正他賺的錢也不是通過什麼正當手法。」阿凱在旁冷笑道，隨即轉身繼續忙活。

「阿凱怎麼表現得比平時偏激……」阿琳小聲詢問莎拉。

「阿凱之前為周店長工作過，兩人有一次吵架得幾乎大打出手，註定是合作不下去了，這時蘇店長新店開張，周店長就引薦阿凱為蘇店長打工，像巴不得快點趕走阿凱，不過阿凱是很厲害行銷沒錯。我聽說周店長非常刻薄，員工幾乎沒有什麼福利，或許阿凱不甘受屈，和他在客人面前吵起來，才會釀成今時今日的局面吧。」

正當兩人七嘴八舌討論，有顧客走進店裡，來者是一名發型蓬鬆的孟加拉男子，抱著嬰兒前來買藥。他滿頭大汗看似走了一段路，穿著單薄襯衫，皮膚黝黑看出常曝曬太陽，多半從事勞工行業，睡眠惺忪的他看起來心事重重。他靠近時隱約散發出燒烤油煙味，混合店裡的清新芳香劑，毅然成了味覺殺手，讓阿琳差點當場打出噴嚏。

「哈啾！」在旁的莎拉反射性地打噴嚏，阿琳白了她一眼，覺得自己忍住不打噴嚏的功夫白費了。

「我的孩子生病了。」孟加拉男子道，阿琳反覆問了好幾次才明白他的意思。

「你的孩子什麼毛病？」阿琳操著流利馬來語回應，不斷打量他懷抱中的嬰兒，嬰兒眼睛明亮可愛，不時綻放迷人微笑，讓人大為憐惜，忍不住想捏一捏他的臉蛋。

「我的孩子發燒幾天了，我不懂可以給他吃什麼藥物……」孟加拉男子不安道。

「除了發燒，可有咳嗽傷風之類的問題？」

「都有。」

「你的孩子幾個月大、體重多少？」

「剛滿一歲，體重是八公斤左右。」

「好，我這就為你準備幾種藥物，首先是退燒藥物——普拿疼，孩童劑量是體重每公斤服下十五毫克的藥物，你孩子的體重是八公斤，就必須服下五毫升的藥水，一天三到四次，若發現退燒就可減低劑量或停止服用。至於傷風藥物和咳嗽藥物則不建議給兩歲以下的孩童，我建議你給孩子服下維生素Ｃ提高免疫力，就不怕他經常發燒感冒了。」阿琳現學現用，把周秋翔的教誨運用在行銷方面。

「我的孩子好像不能夠服下特定藥物，至於是什麼藥物我不記得了，但是醫生說我孩子是什麼ＧＰＥ之類的疾病，我也記不清楚了。」

「ＧＰＥ……噢，是不是ＡＧＥ（Acute gastroenteritis），也就是大家熟悉的急性腸胃炎，病徵包括嘔吐腹瀉，我倒沒聽說過這類疾病不能服下什麼藥物，你確定醫生是這麼說嗎？」阿琳皺眉問道。

眼前的孟加拉男子貌似沒受過高等教育，對於疾病藥理一概不懂，阿琳有些不耐煩和他多費唇舌。事實上大部分民眾服藥多年，都不懂自己吃的是什麼藥，有些毛病是吃藥吃出來的，發現時大多已太遲了。

「我也不清楚，我記得孩子出生幾個月後，我如往常般每天傍晚帶他到附近散步，印象中好像是蠶豆盛產的時段，我還帶他去觸摸農作物，沒想到隔天就皮膚泛黃，就連尿液汗液也變黃，我當下懷疑孩子對農藥過敏。醫生檢查出我孩子是什麼ＧＰＥ疾病，說是嬰兒常見疾病之一，建議我盡可能避免給孩子服用藥物，特別是止痛藥之類的藥物，我是如斯被醫生警告的。我另外一個孩子得了哮喘病，每次經過住宅區出口都會發作，有時我懷疑我住宿那邊是不是鬧鬼了。」孟加拉男子戰戰兢兢道。

「我不肯定你的孩子是否對農藥過敏，其他藥物不能否認會給嬰兒帶來一定的傷害，但普拿疼可是最安全的藥物，就連孕婦嬰兒也完全無害，只要不超出劑量就不會造成傷害！坊間傳聞普拿疼會殘留在身體長達半年才能盡數排除，但這都是假消息，有關廠商在各大小媒體大肆反駁，稱普拿疼比起咖啡因更快被身體排除，何來殘留毒害之嫌？」阿琳搖頭道。

「好，那我聽你的。對了，我想問這裡有沒有這張處方箋上的藥物。」孟加拉男子遞給阿琳一張處方箋，阿琳接下來一看都是常見藥物。

「這張處方箋來自政府醫院，怎麼你不去那兒領取呢？」阿琳嘀咕道。

「外籍人士在院求醫的費用不菲，在外面買藥反而更便宜。」在旁的莎拉打岔道。

「我真是太糊塗了，竟會問這樣的傻問題……先生，請問你需要哪幾種藥物？」

「我看不懂上面寫著什麼藥物，之前都是妻子幫我把藥放進三十天藥盒裡，現在我都是依樣畫葫蘆，那你可以為我解釋一下嗎？」

「當然沒問題，氨氯地平[4]為鈣通道阻滯劑簡稱ＣＣＢ，為常見的高血壓藥物；阿司匹林[5]用於預防心肺梗塞；辛伐他汀[6]是HMG-CoA還原酶抑制劑，為常

4 氨氯地平（Amlodipine），為一種稱為「鈣離子阻斷劑」（Calcium channel blocker，CCB）的藥物，可作為降血壓藥物及預防心絞痛使用。

5 阿司匹林（Aspirin，Acetylsalicylic Acid），為一種非固醇類止痛及抗發炎藥物（NSAID），具有多種用途，包括止痛、退燒、抗發炎，還可預防血液凝結及幫助血液流通。

6 辛伐他汀（Simvastatin），為一種稱為「Statin類」降低膽固醇的藥物，藥理作用在於抑制膽固醇生化合成過程中極重要稱為「HMG-CoA」的催化作用。

見的膽固醇藥物；吉非羅齊[7]也是常見的膽固醇藥物，具有降低血中膽固醇及甘油三脂含量的作用。至於硝化甘油舌下錠[8]則是心絞痛藥物。」阿琳詳細解說藥物，發現男子面露難色，才醒覺自己說了很多專業術語。

「這幾個藥物都給我一份好了，對了，我發現自己近日肌肉酸痛，無法好好舉起重物，尿液顏色有些變黑，不時有些作嘔的傾向，不懂這是什麼毛病呢？」

「肌肉酸痛通常是因為運動傷害或長時間勞作，我可以知道你從事什麼職業嗎？」阿琳好奇問道。

「我在鄰鎮的政府醫院擔當園丁，日常工作就是修剪太平間外的花草樹木，這張處方箋是我在這間醫院拿到的。一開始我以為自己好歹是醫院員工能獲得免費醫療，沒想到還是作外勞處理，之前還有人能幫我領取藥物，現在只能到外面買了。這醫院對待病人這麼刻薄，員工手腳卻不干淨……呃，你把藥給我就可以了。」孟加拉男子似乎滿懷心事。

「好吧……總共是四十元。」

阿琳目送著孟加拉男子離去後，隱約有種不好的預感，覺得自己好像忽略了什麼。

「上班時間發呆真的好嗎？」背後傳來嚴厲的聲音，正是店長的朋友——周

7 吉非羅齊（Gemfibrozil ），為「降低膽固醇」的藥物，藥理作用在於提高分解血液油脂的酵素（Lipoprotein Lipase）的活性，因此能夠降低三酸甘油酯在肝臟的生產，同時能抑制HMG-CoA還原酶，因此減少膽固醇之生化合成作用。

8 硝化甘油舌下錠（Nitroglycerin）為一種預防或治療心絞痛的藥物，此錠劑是當心絞痛發作時放入舌下，藥物能夠經由口腔內壁黏膜快速的吸收，因此能夠用來解除心絞痛的急性發作。

秋翔。

「你什麼時候站在我後面？」阿琳嚇了一跳。

「你和顧客講解又長又臭的藥理時，我就在你後面旁聽了，你當真以為顧客能聽懂你的解釋，就算是知識分子恐怕也是一個頭兩個大。」周秋翔沒好氣道。

「知識分子又如何，到最後還不是濫用自己的專業來牟取暴利。」蘇店長不留情面道。

「我不多說了，得空再談。」周秋翔眼看自討沒趣，藉故離去。

阿琳無暇和周秋翔揮別，用電腦上網搜尋醫藥資料，希望能夠理出一些頭緒。

「那，有什麼困惑需要我為你解答嗎？」蘇店長彷彿看穿阿琳內心的不安。

阿琳點頭，把病人買藥過程解釋一遍，蘇店長聽完後，冷冷一句。

「阿琳，你闖禍了。」

阿琳不好的預感應驗了，她就知道自己犯下了一些錯誤，但就是找不到錯誤在哪裡，店長這麼說自然是找到問題所在，阿琳暗地希望自己不會犯下無法彌補的錯誤。

「天啊……我的錯誤嚴重嗎？」阿琳戰戰兢兢問道。

「恐怕會害死人。」蘇店長一貫冷道。

「店長真會開玩笑……」阿琳故作沒事道。

「怎麼可能會開這種玩笑，服下錯誤的藥物分分鐘可鬧出人命，就算是對的藥物，但錯的劑量也會造成無法挽回的錯誤！」阿凱插嘴道。

「你知道嚴重怎麼剛剛不來幫忙……」阿琳急得快要哭出來了。

「你是藥劑師，我怎麼敢對你指指點點，你要怪就怪自己學藝不精吧。」阿凱欲推卸責任。

「阿凱這麼說雖不近人情，但鬧出什麼大問題，恐怕店長也不能保住你了。」莎拉也加入落井下石的行列。

「我到底犯下了什麼錯誤？」阿琳喊道，打斷她們的熱烈討論。

「你當真覺得每個人吃了普拿疼對身體沒害？」蘇店長進入正題。

「是！這藥物是當之無愧最安全的藥物，孕婦小孩可以服用，沒聽過什麼副作用，怎麼會有危害的道理？」阿琳理直氣壯道。

「也不是每個人都適合服用，就好比對這藥物過敏的病人就不適合服用，如此一來你還能堅持說這是最安全的藥物？」

「藥物過敏是個別案例，而每種藥物都有少數人會過敏，總不能一概而論。」

「你根本沒搞清楚孟加拉孩子到底有什麼毛病。」

「不就普通的發燒感冒咳嗽嗎？」

「你有問清楚病歷嗎？」

「他是提起孩子有過急性腸胃炎，但也不是大毛病，我就沒放在心上……」

「錯，他孩子不是急性腸胃炎，而是更為嚴重的疾病。孟加拉男子提到孩子接觸蠶豆後就發病，發病症狀為皮膚泛黃和尿液汗液變黃，這幾個病徵都指向一個疾病，那就是G6PD缺乏症，俗稱蠶豆病，而不是你口中不知所謂的AGE。」店長冷漠道。

「什麼是G6PD？」阿琳和莎拉異口同聲說出。

「莎拉我就不責怪，怎麼阿琳你也沒聽說過，你不是藥劑系一等學位畢業生嗎？」阿凱插嘴道。

阿琳聞言後滿腔怒火，一直以來都被人質疑說藥劑師不夠專業，但她都以自己學藝不精含混帶過，沒想到訓話者是自己朝夕相對的同事，平時沒得罪她什麼，說起話來卻得理不饒人，難怪多人說她難相處。

「阿琳不曾在醫院實習過，不知道這病也沒辦法，畢竟這疾病在醫院比較常見，多是專科醫生經手，我這就為你簡單解釋一番。G6PD是葡萄糖-6-磷酸脫氫酶，存於人體紅血球內，維護紅血球不受氧化物質破壞，若缺少G6PD則會造成紅血球破壞，產生急性溶血反應。總而言之，G6PD缺乏症是很常見的遺傳性酶缺乏病。」[9]

「你剛才說G6PD缺乏症也被稱為蠶豆病，莫非發作時會產生豆大的汗珠？」阿琳猜測道。

「這猜測太不專業了，事實上G6PD缺乏症病患的紅血球抗氧能力較差，當接觸到氧化性藥物、化學物質或食物時易引起溶血，影響最大的食物就是蠶豆，所以就被稱為蠶豆病。我看過新聞報導，一九六一年在台灣新竹縣，許多小孩突然患上急性溶血症狀，後來發現，他們都吃過新鮮蠶豆，這才發現豆內有物質使氧化自由基增加，使紅血球破壞而呈現病狀。」[10]

「原來如此，但是我印象中顧客只是帶孩子去觸摸蠶豆，都沒服下蠶豆，怎麼可能會引起溶血反應？」

「你有所不知，患者必須避免在蠶豆開花收成季節時在種植地出現，就連一些日常用品都不能碰觸，更不用提服下氧化性藥物，正如孟加拉男子提及一樣，大部分止痛藥都不能服用，包括普拿疼。」蘇店長解釋道。

「天啊，我剛剛賣給他孩子普拿疼藥水，我這去跟他要回來……」阿琳準備衝出店門之際，卻被店長叫住了。

[9] 蠶豆症的正式名為葡萄糖-6-磷酸脫氫酶缺乏症（Glucose-6-phosphate dehydrogenase deficiency，G6PD deficiency），是一種很常見的性聯隱性遺傳先天代謝異常疾病，目前在台灣的發生率約為1.61%（男生2.81%，女生0.70%）。

[10] 1961年3月在台灣新竹縣竹北鄉六家附近，那幾年新竹農業試驗所，在新竹縣推廣蠶豆非常成功，急性溶血病例大都發生在農曆新年前後的蠶豆收穫期。後來研究發現竹北鄉農家男孩都是G6PD功能低者。

「他都走大老遠了，你有自信在茫茫人海裡找到他嗎？」

「這不是自信不自信的問題，而是一定要做到！」阿琳精神低落道。

「要不我們效仿上次案件，打電話解決不就行了！」莎拉提議道。

「我忘記寫下顧客的電話號碼……」阿琳低聲道。

「唉，我都發現你偶爾偷懶不記下顧客電話號碼。」阿凱搖頭道。

「對了，那位顧客貌似說他在鄰近醫院工作，最靠近的醫院就是**繁忙醫院**，傳說中病人多到連停車位無時無刻都爆滿的超級忙碌醫院，我們大可撥電去醫院服務中心，表達我們的問題後，要他幫忙接駁去孟加拉男子的手機，不就行得通嗎？」阿琳突發奇想。

「天啊，就算你知道他是園丁，但你確定整間醫院只有一個外勞園丁嗎？再說這麼一來不就告訴全世界本西藥房給錯藥？我們以後不用開門做生意了。」阿凱反駁。

阿琳洩氣得幾乎趴在地上，蘇店長看她垂頭喪氣，只好協助尋人。

「看來只能盡快找出這位顧客了，但就算要找，也要尋找合適路線，總不能像無頭蒼蠅滿街跑。」蘇店長打開瀏覽器主頁，搜索本區地圖，開始研究孟加拉男子的住處。

阿琳發現蘇店長鎖定範圍是以西藥房為中心，直徑兩公里的地圖面積，好奇問道：「店長你莫非猜測孟加拉男子住在這附近嗎？」

「我也不至於毫無根據，他帶著嬰兒前來買藥，自然沒辦法駕駛電單車，一般上外勞沒能力購買車子，只可能是步行到訪。據你所說，當他抵達時滿頭大汗，看似走了一段路，應該走了至少十五分鐘的路程，大約是一到二公里的距離。通常孩子生病都會帶去醫院或診所，這附近沒醫院，診所在距離這五公里的地方，如此計算下來，他心裡衡量走到西藥房比較快。」

「不愧是店長！可是……就算把範圍縮減到兩公里內，尋人仍然是不可能的任務吧。」

阿琳細心打量著這附近的地圖，思索著孟加拉男子可能的住處。

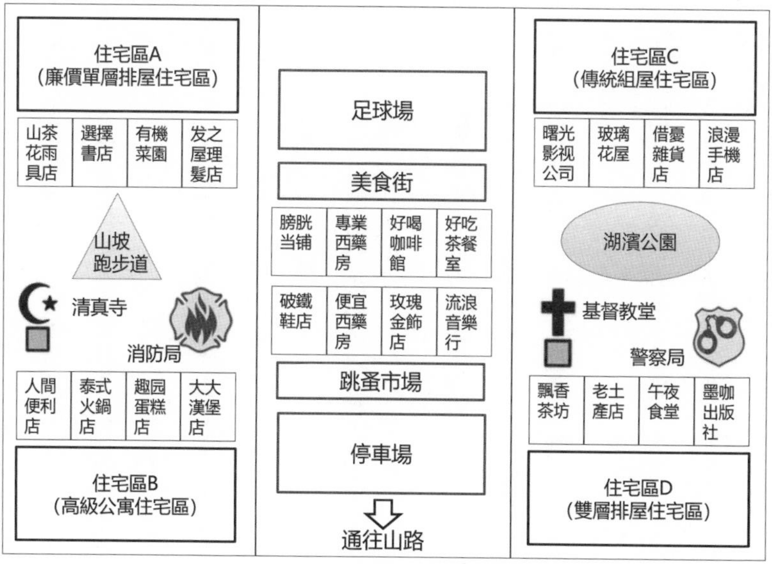
住宅區A
(廉價單層排屋住宅區)
山茶花雨具店
選擇書店
有機菜園
发之屋理髮店
山坡跑步道
清真寺
消防局
人間便利店
泰式火鍋店
趣园蛋糕店
大大漢堡店
住宅區B
(高級公寓住宅區)
足球場
美食街
膀胱当铺
專業西藥房
好喝咖啡館
好吃茶餐室
破鐵鞋店
便宜西藥房
玫瑰金飾店
流浪音樂行
跳蚤市場
停車場
通往山路
住宅區C
(傳統組屋住宅區)
曙光影视公司
玻璃花屋
借憂雜貨店
浪漫手機店
湖濱公園
基督教堂
警察局
飄香茶坊
老土產店
午夜食堂
墨咖出版社
住宅區D
(雙層排屋住宅區)

「你怎麼需要看這麼久，答案不是很明顯嗎？」蘇店長不解道。

「這哪裡明顯，不過乍看應該是比較經濟實惠的住宅區A或C吧？總不能外勞像我這樣住在住宅區B，一想到外勞出入那邊就覺得怪沒安全感。」阿琳望著天花板沈思了好一會兒。

「你不但藥理不精，就連做人也很有問題，狗眼看人低，據聞一些外勞在本地可是撈得風生水起，甚至以名貴跑車代步，你又憑什麼這麼瞧不起他人？」阿凱插嘴道。

阿琳在旁氣得說不出話，為阿凱的尖銳用詞感到不悅，不斷告誡自己要淡定一些。

「要知道孟加拉男子住哪裡，該思考一下，他來的時候經過什麼地方。」

「他住哪裡和經過哪裡應該沒什麼關聯吧？」莎拉好奇問。

「難道你們沒聽過，跟著河流反方向走，就會找到河流源頭嗎？尋人也是一樣的道理。」

「莫非店長知道他住哪裡了？快告訴我，我馬上去送藥！」

「好吧，人命關天，我就不賣關子了，我的分析如下……」

阿琳知道答案後，就頭也不回地往大門方向衝出去，只留下楞在原地的三人。

「她是不是忘記了，她現在還在工作？」
「她是不是忘記了，駕車比走路快多了？」
「她是不是忘記了，要拿替代藥物給顧客？」
三人互相對望，無可奈何地嘆了一口氣。
阿琳從蘇店長口中知道答案後，就筆直往店門口對面街道走去，走著當兒反复思索蘇店長的推測是否正確，正如蘇店長說的，存在著很多不確定的因素，所以無法斷言孟加拉男子住在那邊。就算住在那邊，也不一定知道他住哪一間房子，而該男子很有可能外出，能夠碰面的機會自然是微乎其微。
「就算店長這麼有信心，但我還是感到很不安啊。」阿琳自言自語道。
阿琳來到店門口對面的街道，映入眼簾的是一檔檔的食物檔口，當地美食如印度煎餅、竹筒糯米飯、椰漿飯、榴蓮飯、曼煎糕等，讓阿琳看得垂涎三尺，忍不住想停下腳步選購食物，但很快地告誡自己有正經事要辦。阿琳環視現場美食檔口，終於找到了此行的目的，她快步來到燒雞翼檔口，在旁稍微觀察就被濃煙燻得忍不住打噴嚏。她嗅了嗅自己的衣服，記得孟加拉男子進入店時，身體也是散發出這種味道，內心盤算孟加拉男子多半是經過這條美食街，也意味著他居住地點是住宅區A或住宅區C。

推斷到這裡，單憑阿琳的聯想力是無法更進一步，蘇店長之後提出的論據讓阿琳再度震撼了。

「據你所述，男子曾帶孩子接觸過蠶豆，之後就病發送醫，另外一個孩子每次經過住宅區出口都會哮喘發作，這兩個要點就可以推斷出男子的住處。」

「我明白了！蠶豆種植地就是住宅區A附近的有機菜園，這附近就只有那邊的菜園！」

「雖然我很想說你真聰明，但答案並不是有機菜園。首先你必須瞭解適合蠶豆生長的氣候環境，蠶豆主要在溫濕氣候下生長，不能過熱也不能受寒，最適合的種植溫度為攝氏二十度左右，但這樣乾旱的天氣至少是三十多度，怎麼可能適合種植蠶豆，若是高原地帶還比較有可能。」

「不會吧，莫非那男子欺騙我，他孩子根本沒G6PD缺乏症，可惡！」

「這麼一說又過於武斷，事實上該男子並沒欺騙你，地圖上確實有一個地方適合種植蠶豆，那就是住宅區C附近的玻璃花屋。看你樣子一定是不懂玻璃花屋的玻璃兩字從何而來，指的就是玻璃屋，也就是溫室。簡單來說是一個種植的密封環境，適合各種不合時宜的種植物，一些本地罕見的種植物也能在這裡種出來，我相信他曾經帶孩子參觀過這裡的溫室，也不小心觸碰到蠶豆導致溶血反應。」

「這麼說是沒錯，看來就是住宅區C了，只是你提及他孩子哮喘病發也指向住宅區C，不懂有什麼關係呢？」阿琳已徹底放棄思考。

「我真是敗給你了，哮喘經常病發原因不外是天氣變化或吸入刺激物，你難道還不能想出答案嗎？」

「總不會又和溫室扯上關係吧……竟然真的扯上關係，就是花店裡的花卉！哮喘病人盡可能避開花粉，以避免哮喘病發，該男子每次帶孩子經過花店，自然造成哮喘發作，人無知到某種地步還真是可笑啊。」

「你覺得自己有資格說別人無知嗎？」這是店長最後的一句話。

如今阿琳來到住宅區C路口，要找到孟加拉男子就只是一步之遙，不過就算知道他住在這裡，沒找到他根本無補於事。阿琳觀察這裡來往的人群，發現這裡居民大多數是外勞，她剛抵步就感受到四周熾熱的目光，讓阿琳不禁擔憂自身安全。

阿琳到看守員那邊詢問，卻無法好好形容孟加拉男子的特徵，最後沮喪離去，心道這次恐怕要在路口埋伏，直到看到孟加拉男子經過為止，也擔心他會不會外出不在家，若店長推理出錯，她無法想像自己如何撐到查清案件的那一刻。

這時候她的電話響了。

「店長，有什麼事？」

「我說你該不會是在路口等孟加拉男子的出現吧？」

「我確實這麼打算……」

「我本來都不想理你，但看你公然曠工，我說什麼也不能讓你在外偷懶。你貌似提過，這位顧客每天傍晚到附近散步，那個地點很有可能就是附近的湖濱公園，至於為什麼是湖濱公園不是山坡跑步道，你總不可能帶著嬰兒走山坡道吧？」

「謝謝店長！」

阿琳喜極而泣，隨即在湖濱公園一直等到傍晚時分，終於等到孟加拉男子帶孩子散步，當她冒出來告知詳情，男子一臉錯愕，但很快表示孩子還沒服下藥物，並感激阿琳不辭勞苦地前來通知。阿琳聞言後鬆了一口氣，暗自慶幸沒釀成大禍。

「可是我孩子還在發燒中，那麼可以吃下什麼藥物呢？」

「等一下！」阿琳微楞，在男子面前用手機搜索資料，正常來說是盡可能避免在客戶面前搜尋資料，但與其信口開河，不如按部就班，僥幸是萬萬不能有的心態，畢竟這可關係到人命。

「不好意思……貌似各種退燒藥都不適合你的孩子，我建議你給他服用一些維生素C，慢著，就連維生素C也有風險！看來只能使用退熱貼了……」阿琳不好意思道。

「原來如此，謝謝你的解答，真的幫大忙了，之前有孩子的媽媽照顧，如今我一個人還真的沒輒，也只能硬著頭皮學習照顧孩子了。說起來孩子媽媽是一名護士，應該知道什麼藥物不適合給孩子服用，畢竟一路來都是她幫我拿藥，知道我健忘甚至還為我準備藥盒，我一直以來太依賴她了。」男子苦笑道。

「是護士就太好了，但怎麼說到她已沒幫忙照顧孩子，是工作繁忙的關係嗎？」

「這不是什麼光彩的事情，但也不是什麼祕密了……孩子滿五個月後，我發現她和其他男子有染，我一氣之下就把孩子帶走，再也不和她聯繫了。」

「天啊……這麼一來，她不就很傷心……我是指搞不好你們兩人會鬧上法庭啊！」

「現在我誰都不信，只要孩子在我身邊就可以了。」男子哀傷地望著嬰兒。

這世界多的是藥物無法治癒的心病，但這不是藥劑師該操心的事情，阿琳是出自關懷才聆聽他人的苦惱，就算什麼都沒做，至少也能讓對方的心好過一些。

「好，既然知道你不需要剛才的藥物，要不我幫你拿回去退換其他物品。」阿琳提議道。

「好主意，但現在我不是很方便，還是等到下次我親自到店處理吧。」男子若有所思道。

「那我就恭候光臨。時間不早了！我要趕回去了，要不然會弄丟工作。」阿琳向他禮貌道別。

阿琳回到西藥房後，大家都用曖昧眼神看著她，阿琳識相報告任務完成。

「我不理你任務完成否，你看現在幾點了，你竟然出門兩個小時後才回來，這下你說該怎麼辦？」阿凱微怒道。

「這個嘛……我剛才有些迷路，而且路途遙遠，加上和顧客談了一些話，所以一不小心就遲回來了。」阿琳傻笑道。

「不用多說，你今天給我加班兩小時，不得上訴。」阿凱無情下判。

阿琳向莎拉投以求救的目光，但莎拉裝作若無其事避開，而店長更是安靜地坐在角落玩手機，阿琳無可奈何下只能接受了。

接近打烊時間，阿琳幫忙店長計算營業額，發現今天的收入比起昨天少了三分之一，忍不住問店長這樣的營業額能否撐得下去。

「那你覺得多少營業額才能撐得下去？」蘇店長反問道。

「聽說大城市裡的西藥房一天營業額平均是一萬元，我們店的日收入是人家的十分之一，就算這兒生活水準不高，但這樣的利潤恐怕也養活不了員工吧？」阿琳疑惑問道。

「理論上來說是沒錯，但我開西藥房又不是為了賺錢，不虧錢我覺得已經很不錯了。」蘇店長不以為然道。

這還是阿琳第一次聽到開店不是為了賺錢。

「如果真的要賺大錢，當初也不會選讀藥劑系，不覺得選讀金融系更有機會一夜致富嗎？不過……對我而言，有些錢我寧可不賺，反正又不是缺錢吃飯。」

「那麼店長又是為了什麼而開西藥房？」

「我不是很記得自己為何開西藥房了。」

店長果然是不折不扣的怪人，自己能在他旗下做工，也是不折不扣的小怪人了，阿琳心道。

阿琳以為孟加拉男子很快就會到店裡退換其他物品，等了好幾天卻沒看到他的影跡，心道他多半懶惰前來，於是慢慢地把這件事情給淡忘，但她萬萬沒想到，孟加拉男子再也不會踏足西藥房了。

「我說怎麼你又來到我店裡撒野？」蘇店長為眼前訪客感到煩躁不已。

來者不是他人，而是《八卦雜誌》姓伍名鳳的特約記者，每次她到門都沒什麼好彩頭，盡給蘇店長添麻煩，這又不是第一次領教了。

「偶爾來熟人的店光顧還需要什麼理由嗎？」伍鳳嬉皮笑臉道，假意環視店裡的護膚品。

「你不是說我店的東西貴過對面那間專業西藥房嗎？我說過無論如何都不給折扣，所以你自然沒有在這裡消費的道理。當然若你想消費，我可是無任歡迎，但要我給你出什麼主意，你想都別想。」蘇店長一眼識破伍鳳打的如意算盤。

「真不愧是藥師偵探，我想啥都逃不過你的法眼，但這次事出突然，我不得不找你問一些話，關係到正義道德，難道你可以置身事外，我相信你身體裡的熱血氣概絕不會輕易冷卻！」

「你又不是不知道我冷血的。」蘇店長拋下一句就拂袖離去，只留下在櫃台慘叫的伍鳳。

在旁的三女目瞪口呆看著她，不懂該如何打發這位死不要臉的顧客。

「怎麼用這樣的眼神看我，我說你，沒錯就是你，比較年輕的凱瑟琳，好歹我們曾一起辦過案，你這次不會拍拍屁股當作沒一回事吧？」伍鳳把矛頭指向阿琳。

「原來你是她的朋友，那麼交給你招待好了。」阿凱和莎拉說完就離開櫃台往倉庫走去，留下楞在原地的阿琳。

「既然Phoenix小姐都這麼說了，那我能幫上什麼嗎？」阿琳問道。

「就等阿琳這句話，你認識這照片裡的人嗎？」伍鳳從口袋取出手機，展示照片給阿琳過目。

手機顯示的是一張外籍男子的護照照片，該男子皮膚黝黑髮型蓬鬆，看似是孟加拉外勞，阿琳很快地就認出他就是上次阿琳追到去住宅區C的顧客。該男子遲遲沒出現讓阿琳有些在意，但考慮到外勞工作忙碌也就沒放在心上。如今伍鳳找上門來詢問關於該男子的事情，讓阿琳揣測他是不是發生不測，或者犯下什麼罪行，頓時大為不安。

「看你樣子果然認識這位名叫加南的孟加拉男子吧！」伍鳳看穿阿琳臉上的猶豫。

「也說不上認識，我連他名字都不知道，你口中的加南曾到本店買過東西，是我親自接待他的。」阿琳戰戰兢兢道。

「你在隱瞞什麼吧？」

「才沒有這麼一回事，那他到底發生什麼事？」

「他死了。」

阿琳聞言後難以置信，好好一個人怎麼會突然死去，忍不住懷疑是不是自己給錯藥物，但反覆思考那天的藥物沒什麼問題，應該不是自己的問題，阿琳努力安撫自己。

「他怎麼死的……」阿琳鼓起勇氣問道。

「上吊自殺。」

阿琳頓時鬆了一口氣。

「瞧你這副複雜表情，準是隱藏著什麼祕密，時間尚早我就不打擾你工作，待會放工老地方等你！」

「我和你又不至於相熟到有老地方的地步……」阿琳沒好氣道。

儘管滿肚子牢騷，但阿琳放工後還是乖乖到所謂的老地方——大大漢堡店和伍鳳會面。剛抵達漢堡店就輕易發現伍鳳的身影，這也不是什麼難事，畢竟伍鳳可是鶴立雞群的大美女，只要留意眾人目光聚集所在，就知道她身處何方。

反正像我這樣的普通女生，沒人會多看幾眼就對了——阿琳是這麼想的。

「老實說，我不確定你這次找我的理由，儘管加南是本店顧客，若是上吊自殺的話，怎麼看都和本店扯不上關係吧？」阿琳道出心中的疑惑。

「乍聽確實與便宜西藥房沒什麼關係，或許聽我講解整件事情，你就會知道我找上門的理由。」

在伍鳳的講解下，阿琳總算明白發生了什麼事情。根據加南鄰居的說明，她上星期日早上如常出門上課時，聽到隔壁傳來嬰兒淒厲的哭聲，一開始以為是孩子鬧情緒，但聲音之淒厲讓她無法不好奇是怎麼一回事。她猜想會不會是家暴，要知道這些日子虐待孩童的新聞可不少，她好奇地把頭探入隔壁單位，沒想到這一看不得了，竟發現有人在客廳上吊，嚇得她馬上報警處理，警方則在關上門的房間發現嬰兒的蹤跡。

「天啊，若那鄰居沒多管閒事，恐怕孩子會在屋子裡活活困死。」阿琳不敢置信道。

「雖然我們常聽說不要做無謂的事情，但不能否認，多管閒事的往往都會成為英雄呢。」

「那……實際上又和西藥房有什麼關係？」

「你別心急，讓我把案情一一解釋。」伍鳳喝了一口咖啡，繼續解說。

伍鳳從線人口中得知，警方闖進男子家後，就如鄰居發現的一樣，客廳吊著一具屍體，死者正是日前與阿琳說過幾句話的加南。死者被粗繩吊起，死狀可怖，屍體距離地面大概一米左右，而腳下有著墊腳的塑膠凳子。法醫初步鑑定死者是窒息身亡，很有可能是上吊自盡，但由於沒表面傷痕所以無法判斷是他殺或自殺。警方也即時將嬰兒送往醫院，卻被檢驗出急性溶血性貧血，已有臉色蒼白、全身黃疸、呼吸急迫的症狀，所幸及時送醫才沒釀成悲劇。

「按照你慣例的採訪風格，你多半會說這是他殺案件吧。」阿琳面無表情道。

「賓果！沒想到你漸漸培養一定的推理能力，沒錯，我就是發現這案件很多疑點，所以就來找你店長給些意見，沒想到他聽都不聽就拒絕我了，真是不念過往交情啊！」

「其實我想問很久了，你到底和店長什麼關係，我知道你們不是同學或朋友，就是因為不是這兩種關係才顯得莫名其妙，還是你們是分手情侶的關係？」阿琳道出心中的疑惑。

「我應該和你說過他是為了贖罪才願意幫我的吧？」伍鳳嘆息後道。

「沒錯，這就是我一直苦思的問題！」

「都說了是贖罪，你還想要知道，你不覺得你這人很有問題，比八卦雜誌記者更八卦嗎？」伍鳳不留情面道。

阿琳羞恥得面紅耳赤，一句話都說不出。

「好吧，既然我有求於你，我就說一些好了，其實也不是完全有求於你，不管了，我曾經處理一件法庭訴訟案，而店長是當事人之一，那件事情鬧得有些大，也曾占據社交網頁頭條新聞一段時間，我就做了一件不該是記者做的事情，那就是選擇把這事情壓下來，因為他的事情，我差點被雜誌社辭退。他知道後有些內疚，說要為我補償什麼，我戲言要他幫忙整理案件，沒想到他竟然接二連三破了幾件懸案，我才發現這傢伙擁有超群的推理能力，我在雜誌社的地位不降反升，成敗都拜他所賜。」伍鳳開始講解她和店長的過去。

「那個案件……好吧……我知道我不該多問……」阿琳欲言又止。

「一直以來都是我勉強他幫忙我查案，他根本不想和罪案扯上關係，所以慢慢地他開始抗拒幫我辦案，但只要我再三央求，他難免想到之前欠我一份恩情，始終願意蹚入這趟渾水。」

「的確如此，以店長這幅愛理不理的性格，理你才有鬼。」

「他以前不是這樣的，只是那件事件改變了他。」

「很嚴重的事情嗎？」

「很小的事情。」

「為了一件小事而耿耿於懷，開什麼玩笑！」

「差之毫釐，謬以千里，你該比我更懂這個道理。」

兩人陷入沈默，最後還是伍鳳打破僵局。

「一直說陳年舊事，還真忘記給你看最重要的東西，也是我找你出來的原因，我絕對不是要和你清談什麼少女心事。」伍鳳再度展示手機裡的照片，是一顆白色藥丸的照片。

阿琳接下手機一看，認出那顆白色藥丸。

「這藥我親手賣給加南沒錯，這是名叫氨氯地平的降血壓藥物。」

「你知道就真的太好了，這顆藥丸就藏在死者的手裡，聽起來很詭異是不是，儘管上吊自殺，但手心仍緊緊握著不放，怎麼看都是死者臨死前拚命想留下的訊息吧？」

「訊息？你不會是指提示兇手是誰的線索吧……別笑壞我了，這不是只有在警匪電影裡才會出現的情節嗎？」

「你才別笑壞我，你店裡就有一位藥師偵探，難道你活在偵探電影裡面？就算你真是演員，也是演技爛到沒戲可演的九流演員！」伍鳳白了一眼道。

還敢給我翻白眼，本小姐才想翻你白眼——阿琳碎碎念。

「總而言之，現在你是想利用我藥師的專業，為你解析這顆藥物帶來的含義嗎？話說在前頭，就算我給你解釋得一清二楚，但我不覺得死者知道太多藥物知識，之前都是委託妻子管理藥物。」

「說到管理藥物，警方在現場發現一個藥盒，你不妨過目一下照片。」

阿琳仔細研究照片裡的藥盒，發現這是分成早午晚的藥盒，裡面的藥物陳列如下：

M	T	W	T	F	S	S
早： 氨氯地平 10毫克	早： 氨氯地平 10毫克	早： 氨氯地平 10毫克	早： 氨氯地平 10毫克	早： 氨氯地平 10毫克	早：	早： 氨氯地平 10毫克
午： 阿司匹林 100毫克	午： 阿司匹林 100毫克	午： 阿司匹林 100毫克	午： 阿司匹林 100毫克	午： 阿司匹林 100毫克	午： 阿司匹林 100毫克	午： 阿司匹林 100毫克
晚： 辛伐他汀 40毫克 吉非羅齊 30毫克	晚： 辛伐他汀 40毫克 吉非羅齊 30毫克	晚： 辛伐他汀 40毫克 吉非羅齊 30毫克	晚： 辛伐他汀 40毫克 吉非羅齊 30毫克	晚： 辛伐他汀 40毫克 吉非羅齊 30毫克	晚： 辛伐他汀 40毫克 吉非羅齊 30毫克	晚： 辛伐他汀 40毫克 吉非羅齊 30毫克
PRN：	PRN：	PRN：	PRN：	PRN：	PRN：	PRN：

「什麼是MTWTFSS？」阿琳皺眉問。

「我的天啊，我沒在藥行工作都知道這是星期幾的英文縮寫，我只能用星期三四五來形容你的專業水準！」

「我又不曾賣過藥盒，那什麼是星期三四五……」阿琳狐疑問道，看到藥盒上星期三四五的字眼就傻眼了。

可惡，當記者的果然沒一個好人——阿琳在心理暗罵。

「言歸正傳，死者多半用這藥盒來放置藥物，他手中的藥丸不難看出是來自星期六早上的空格，死者從這藥盒唯獨取出這麼一顆藥丸，多半是想留下什麼訊息。若是自殺應該是遺言，若是他殺分明就是提示兇手的線索。」伍鳳凝重道。

「我就不相信這藥盒能變出什麼花樣，不要說是死前留言，恐怕是根本和案件什麼關係也沒有，搞不好死者只是剛好想吃藥吧。」

「先入為主是查案大忌，你覺得這藥盒有什麼不對勁的地方。」

「最不對勁的地方就是使用MTWTFSS作為天數代號。」

「你還敢提這壺，不就說這不過是普通不過的代號嗎？我每次去西藥房都有意無意留意到，你這星期三四五的九流藥師！」

「你嘴巴給我放乾淨一些，讓我仔細看看，藥盒設計方面和我看過的有些出入，一般來說這樣的藥盒款式都是跟著天數分成，早上晚上，或早午晚，或早午傍晚睡前，我還是第一次看到prn的分格。」阿琳認真解釋道。

「我也留意到這一點，prn是什麼意思呢？」

「p.r.n.是醫學縮寫，p.r.n.源自拉丁語Pro re nata，原意是誕生之物，代表需要時給予。若病徵出現，才依病患判斷服下藥物。舉例來說，病人視疼痛情況來決定服用止痛藥否，只要不超過正常劑量基本上是沒問題的。」

「一開始我以為這藥格是空著的，但根據檢驗報告，空格曾經放過名叫硝酸甘油舌下錠的藥物，代表說這個硝酸甘油舌下錠是有需要時才服下的藥物吧？」
「是這樣沒錯，當病人心絞痛來襲，若及時服用這藥物可舒緩症狀，若症狀持續，可繼續下一個劑量，若十五分鐘內服下三顆都沒效，需馬上送入醫院緊急處理。此外，雖說是服下，但這藥物並不是直接吞下，而是把藥丸放在舌底，所以這藥物也被稱為舌底丸。」
「我是聽說過，但實際原因我不怎麼清楚。」
「簡單來說，口服經過腸胃後，大部分藥物都被消化而失去藥效，但經舌下吸收可直接進入血液循環，能及時舒緩心絞痛。」
「你的意思是這藥丸用來應急，放在這裡也是應該的，那又為了什麼理由，藥格就這樣空著呢？莫非這藥物價錢不菲，兇手起了貪念就順道拿走？」
「藥物放在空格我覺得還算合理，但我不清楚兇手的動機，因為這藥不會太貴。比較不合情理的部分是阿司匹林。正常來說，這藥物都是早上服下，延至中午才吃有些奇怪，有機會的話該好好向死者前妻問問。」
「好，我就記下來，時候也不早了，若還有什麼疑惑，我會再找你問問，我們不妨交換電話號碼吧！」伍鳳爽朗道。
阿琳縱使不大想和她糾纏，但找不到適當拒絕的理由，最後還是乖乖就範。

「這是我第一次覺得你稱得上是一名藥劑師。」伍鳳臨走前道。

「這不是理所當然嗎？」阿琳瀟灑轉身離去，臉上卻不由自主地露出竊喜的笑容。

便宜西藥房裡重複著日復一日的沈寂，這時氣候慢慢轉涼，不再烈日當空，取而代之的是微風徐徐，陣陣涼意讓人精神一振。店裡的生意一落千丈，詭異的是原本生意不大好，還能變本加厲地變差下去，這不是什麼笑得出的事情。

就算向同事投訴也好，大夥都是一副習以為常的表情，臉上寫著這都是無可奈何的事實，自個兒躲在角落玩著手機。雖然這裡工作確實沒什麼壓迫感，但這樣的工作態度只能用頹廢來形容，也難怪之前店長朋友——周先生嘮嘮叨叨。

「大家，我想問一下，我理解本店生意不好，但有沒有人想過為何本店生意不好呢？雖然從我嘴巴說出有些突兀，但我覺得再這樣下去不是辦法。」阿琳戰戰兢兢道。

大夥的目光聚集在阿琳身上，然後臉上露出複雜的笑容。

「這不是很明顯的事情嗎？」

「我真懷疑這傢伙有沒有常識。」

「我就不囉嗦了。」

大家對她的發問嗤之以鼻，讓阿琳更為錯愕。

「莫非你們每個人都知道？」阿琳追問。

「當然，就算不在這裡工作，應該多少明白消費者心態吧？」

「莫非顧客不滿意本店服務？」

「你真是比豬還蠢，買東西不就看價格嗎？簡單來說，顧客嫌我們家東西貴，你別告訴我你買東西從來沒考慮過價錢。」阿凱不可置信問道。

「對我而言，只要合我心意，稍貴一些也沒問題。」

「我倒忘記你是大小姐，買東西不必看價錢，不過你說的只能沿用在品牌差異方面，若是一樣的產品，顧客在另一家得到比較便宜的價格，又怎會繼續跟你買呢？可笑的是，大眾去超級市場或雜貨店從不會減價，但到西藥房就討價還價，在他們心裡藥物遠不如雜物的地位，更別說重視專業兩字。」

「那我們降價不就解決了嗎？」

「降頭！」

「莫非要使出禁忌的泰國降頭來招客？」阿琳驚道。

「降價你個頭！我們是小店，進貨量不大，所以原價比起連鎖店難免高出一些，現有售價已沒賺多少，恐怖的是他們竟然清楚我們店裡產品的售價，不少產品賣價恰好低過我們的售價，如此巧合只能懷疑他們是不是有線人安置在這裡……」

阿凱提高音量，慢慢望向身邊的莎拉。

「你不會是懷疑我吧？你別開這種不好笑的玩笑，若我是叛徒早就發達了，怎麼可能還每天喊窮！」

「哼，你別把我當做三歲小孩，喊窮不過是你拋下的煙幕彈，讓大家不對你起疑心，這麼一說整間店最可疑最沒貢獻的人就是你！」

他們兩人吵得不可開交，阿琳努力思索如何轉移話題。

「價格是硬傷我知道，但只要服務態度良好，讓顧客留下深刻印象，不就多少能留住顧客嗎？」阿琳繼續問道。

「既然你提出來了，那我努力為你解釋，首先我不敢說本店的服務好過其他人，但我自認已盡力回答顧客的疑問，就算最後沒買東西，當做交個朋友我也不介意。但我曾經招待過一個顧客，他詢問一些健康問題，我說了半小時口乾舌燥，到最後換來一句謝謝。我本來沒放在心上，但目睹他走人對面的西藥房，然後捧著一大包藥物離開，讓我徹底火爆，說什麼用服務留住顧客不過是屁話！」

「太過分了！」

「還有更過分的事情！有一次顧客帶著對面店的產品到我們這邊，我好奇問他有何貴幹，明明看著他從對面西藥房走出來。他說剛買一個健康產品，但對面店的藥劑師不是很清楚潛在副作用，要他過來這邊問我們。最後，我耐著心給他解釋了……」

「這真的是太過份啦……」

「認命吧，天下的顧客都是貪小便宜，有鑒於此，周店長在經營方面是有耍一些手段，傳聞他私下有進神秘貨源，才能用低於市價的價格出售藥物。沒人知道他貨源從何而來，有人懷疑他賣假藥，目前沒類似揭發就是。那天他來到本店找店長面談，多半是洽談貨源問題吧。」阿凱語出驚人道。

「沒想到店長也會做這種不法勾當。」阿琳驚訝道。

「有些事不是你們能過問的。」蘇店長從背後冷道，將這話題硬生生打住。

阿琳自知失言，眼看是午飯時間，就藉故離開店面去休息，她快步來到好吃茶餐室，在那邊等著她的人就是伍鳳。她遠遠就看到整間餐廳的人都目不轉睛地盯著伍鳳，穿著海灘襯衫夏天熱褲的伍鳳，看似隨興打扮卻散發迷人光芒，那瞬間彷彿來到海邊沐浴陽光的不可思議。阿琳不安地在她身邊坐下，試著不把別人目光當做一回事，告訴自己那些冷嘲熱諷都與自己無關。

「你今天看起來好像沒什麼食慾。」伍鳳瞇著眼睛道。

我還真不習慣在別人注視下吃飯——阿琳差一點脫口而出，但考慮到這是自取其辱的發言，最後還是表示工作不如意含混帶過。

「怎麼今天又叫我出來，我應該幫不上忙吧。」阿琳奇怪道。

「也不是老樣子，上次看你分析得頭頭是道，我心想要不你幫我打工好了，只要你能提出一些有用的看法，或成功說服店長幫忙調查，我都會給你一筆酬勞。怎麼樣有興趣嗎？我看出你骨子裡藏著偵探熱血魂，你註定是為了破解案件而存在的，就算你實習畢不了業，大可到我的雜誌社工作當我的助手。」伍鳳建議。

阿琳本想拒絕，但聽到伍鳳的奉承話不禁有些飄飄然，考慮片刻後還是答應了。

「幫忙是沒問題，但你不是有認識的人在警局辦案，這點案件總不會難倒員警吧？你哥哥不就是破案如神的大警探，照理來說應該不會有懸案吧。」

「神探也不外是普通人，難度太高的案件他們也是沒輒，彼此都站在同樣的起跑線，就看誰能率先破案。換個角度思考，若我們不插手，這案件搞不好會永遠變成懸案，真兇得以逃脫，死者不就枉死了嗎？只要成功偵破案件，真兇就能落網，我也能把這案件寫成系列報導，分析前因後果和警惕他人不要行差踏錯，可謂功德無量。」

記者都一本正經地胡說八道嗎——阿琳內心嘀咕。

「我先給你講解死者的驗屍報告，就如之前提及的一樣，你不必過問情報源自哪裡。報告上指出死因是窒息身亡，死亡時間是星期六下午六點到七點之間，頸項上沒有其他可疑傷痕就只有繩索勒印，也沒中毒跡象或驗出安眠藥成分，是上吊窒息致死沒錯。至於是他殺還是自殺，這一點有待斟酌。案發現場處於密室，我知道你在想什麼，但密室在這裡沒什麼太大的作用，只因大門是常見的轉動式門鎖，若他殺有可能是兇手處理屍體後，將大門反鎖關上即可。此外，警方發現現場殘留著空氣清新劑的味道，現場有爭執過後的跡象，客廳盡是一片狼藉，玻璃碎片滿地都是。

「警方發現嬰兒藏在房間裡，緊急送醫發現有溶血反應，如今已慢慢度過危險期。至於什麼原因造成溶血反應還不能斷言，但嬰兒身上異常清潔，這麼說或許有些模糊，但就是有人貌似幫嬰兒仔細沖涼一次。」伍鳳解釋道。

「這麼一來只能理解為，是死者自殺前幫孩子沖涼吧？天啊，一想到這是死者為孩子做的最後心意，我就想哭了。」阿琳有些動容。

「這不是我第一次說先入為主是查案大忌，不過我也是有想過你提出的假設，若不是死者幫孩子沖涼，總不可能是兇手殺人後的心血來潮，若屬實這兇手太變態了。」

阿琳點頭稱是。

「我們胡思亂想也無補於事，還是認真從案件關係者下手好了。第一發現者是加南的鄰居——方詩詩，為一名修讀生物科技的大學生，一個人居住。或許你會好奇為什麼大學生不住大學宿舍或和朋友共住，根據她的說法是不習慣和別人相處，也不必擔心別人打擾溫習。她表示和加南沒說過幾句話，不過考慮到對方是外勞有所防範也算合理。她表示那天準備出門時，剛好經過加南的單位，聽到裡面傳來嬰兒的哭啼聲，好奇往裡面一看，就發現有一具屍體吊在樑上，嚇得她連站都站不穩，馬上報警處理。」伍鳳拿出一份疑似口供的文件，朗朗讀出。

「聽起來這女生很可疑，若按照一般推理劇發展，她多半是被死者性騷擾，或被死者干擾晚上念書的清靜，因此醞釀殺機已久，而且身為鄰居的她能夠掌握死者的動靜，絕對能找到最適合殺害死者的時機。」

「搞不好你有推理的天分，聽起來合乎邏輯。當警方詢問她，身為鄰居有沒有聽到什麼不對勁事物，她指出案發前一日下午五點，隔壁屋子傳來激烈吵鬧聲，吵得她在客廳無法好好念書，吵架內容大意是太太要把孩子帶走但丈夫不允許，太太和丈夫大打出手，丈夫無力反抗，最後眼睜睜看著太太把大兒子給帶走，所幸加南緊緊抱著二兒子才不讓太太給帶走。」

「中間會不會有什麼誤會，怎麼可能是丈夫無力反抗？」阿琳追問。

「你看了這張照片就知道原因。」

阿琳接下伍鳳手機，看到加南生前拍下的全家福，照片裡的太太身形臃腫，和身形瘦小的死者形成強烈對比，也難怪他無力反抗太太的攻擊。

「這麼一說，最有嫌疑下手的人就是死者太太嗎？」

「乍看是這樣沒錯，畢竟她擁有殺害丈夫的動機。加南的太太叫娜比拉，為當地原住民，工作為一名醫院護士，和他同在一間醫院工作。據悉娜比拉年近三十都嫁不出，陰差陽錯下就嫁給加南，他們的族規之一是一定要在三十歲前出嫁。一開始兩人相處還不錯，但後來有醫生對她有意思，娜比拉萌發和丈夫離婚的念頭，丈夫當然是不答允，娜比拉最後選擇拋夫棄子，轉投別人懷抱，加南也就一人扛下養育二子的苦差。這一次看來是太太向丈夫討回孩子，但談判出現問題就吵起來了，太太很有可能一氣之下把丈夫給殺了，也搞不好是情夫聯手把丈夫給幹掉，沒想到電影情節也能在生活上演，都不懂是在演哪一齣戲碼？」

「隔壁大學生都可作證隔壁曾發生爭執，那就具備殺人動機和人證，不緝拿兇手歸案還等什麼？」阿琳皺眉問道。

「問題就是娜比拉擁有不在場證明，她雖然當天和加南爭執，但那時是下午五點，也由方詩詩作證了，她表示自己習慣五點會準備下午茶，所以很清楚記得爭執時間是下午五點。這代表著加南是在娜比拉離去後死去的。」

「這麼一來只能理解為加南傷心過度下上吊自盡……」阿琳得出結論。

「我也是這麼想的，要不然我還真想不出其他可能。」

「若兇手真的是她，搞不好她從後門潛入再悄悄殺害死者也說不定，搞不好這是一起有預謀的犯罪，她假意和加南吵架，讓鄰居留下深刻印象，實則利用鄰居為自己作證。娜比拉把加南打暈後，然後把死者吊在樑上，腳下放著會慢慢消失的墊腳物，類似冰塊或乾冰的物質，接下來只需等到時間流逝，腳下空空如也，加南腳下踩空也就這樣被繩子勒住，並為兇手製造不在場證據。」

「阿琳說得很有趣，但我必須提醒你幾件事情。首先廉價組屋何來後門，難不成娜比拉以這樣的身材攀爬陽臺，別開玩笑了，要知道死者單位可是八樓。此外你說的殺人方法也太老土了，別把警方當做三歲小孩子，以上方法連少兒偵探漫畫都不好意思使用，好，我就姑且當做行得通，但現場並沒留下什麼冰塊融化後的水跡。乾冰方面的話，要找到能支撐死者重量的大型乾冰，可不是什麼容易的事情。就算真的找到大型乾冰，加南被吊在樑上怎能確保他穩穩站在乾冰上，如此看來絕對行不通啊。」

「Phoienix小姐，請你冷靜一些，我不過是說說而已，別太認真，你手頭上還有什麼資料嗎？」

「哼，我倒發現幾位可疑人物。加南每次工作都會把孩子交給樓下的家庭保姆——潔思，他貌似拖欠潔思不少的保姆費，但潔思看在孩子可憐就不和他計較，難說慢慢累積成仇恨。星期六那天，根據看守人員的記錄，當天有兩名訪客找加南，分別是醫院同事——張誌彬，和同鄉友人——力披，或許有什麼參考價值。不過就如你知道的，廉價組屋的看守設備沒那麼嚴格，不排除有者悄悄潛入案發現場。另一位最可疑的嫌犯就是死者太太的情夫，有人曾經看他出現過在入口，看起來有調查的必要。」伍鳳列出嫌犯名單。

在旁的阿琳聽得目瞪口呆，不斷記錄下伍鳳提供的線索，但無法整理出任何方向，最後望著伍鳳傻笑回應。

「你別擔心太多，我本來都不期許你說出什麼有見地的意見，只是想找個人發牢騷，其實我大可回去問我哥哥，但考慮到有些事情還是適可而止就不了。你待會回去不要忘記有意無意向蘇店長吐露查案進展，說不定讓他對這案件萌發興趣，最後主動幫忙查案。」

蘇店長才不會幫忙——阿琳的腦海第一時間浮現這句話，要知道蘇店長可是很怕麻煩，更何況之前他已嚴重警告阿琳不要再涉足罪案，阿琳何來膽子和他明說？

「你明天休假對嗎？那你就跟我去訪問案件關係者好了。」

「不會吧，難得假日要我出去查案，我還以為自己只是擔任安樂椅偵探的角色，你就饒了我吧……」阿琳皺眉道。

「這年頭的偵探樣樣都必須親力親為，你樂當偵探的角色，吃少少苦又怎能難倒你。這次若能在蘇店長介入前成功破案，藥師偵探的名號自然就轉移去你身上，搞不好被報章大肆報導後一舉成名，直接進入娛樂圈當演員不當藥劑師了，以你的天資很有可能辦到，只是在於你要不要把握這千載難逢的大好機會。」伍鳳不懷好意道。

「既然你這麼說，我也不好拒絕，明天我就跟你調查案件。」阿琳羞怯道。

若蘇毅隆像你這樣喜歡戴高帽就好了，伍鳳心道。

隔天伍鳳和阿琳來到加南居住的地方，也就是住宅區C，阿琳站在入口處，想到自己前些日子在這兒著急得團團轉，加南那時候也是好端端地活著，不禁感慨人生無常。阿琳到看守室向看守人員表明來意，沒想到看守人員愛理不理，只是一味地玩著手機遊戲。

阿琳內心納悶，這樣的服務態度怎麼可能知道誰進出看守室，潛入這住宅區一點難度也沒有。伍鳳看她無法勸服看守人員，叫阿琳去旁邊站，沒想到伍鳳只不過是拋個媚眼，看守人員就無條件地讓她進入，並且殷勤地問有什麼能夠幫到她，阿琳慢慢接受這世界就是這麼殘酷。

「你好，我是雜誌社的記者，這位是我的助手，我可以向你詢問關於日前鬧得滿城風雨的上吊案詳情嗎？大哥你會幫忙我吧？一看就知道你是一個好人～」伍鳳嬌滴滴道，讓在旁的阿琳起雞皮疙瘩。

「當然沒問題，沒有人比我更清楚發生什麼事，這一區在我的管理下一向都天下太平，任何風吹草動都逃不過我的法眼。」住宅區C的看守人員——白叔拍胸口道。

身形瘦小、戴著眼鏡的白叔在這裡工作已接近二十年，平時工作就是監督住宅區內的治安，不過他也說不上十分盡責，興許時光能把一個人的工作熱誠給消磨得蕩然無存。

「謝謝你～我可以知道那天有誰去找死者嗎？」

「這還不簡單，要進去這住宅區必須擁有住戶卡，訪客則須在記錄簿填下名字和探訪對象才能進入，你們翻找一下就知道誰當天曾找過加南。」白叔細心解釋。

阿琳和伍鳳馬上翻開紀錄簿裡案發日期的頁數，發現當天確實有人拜訪過加南，記錄如下：

第一個訪客是CHEEBING。

進入時間為下午六點正，離開時間為下午六點二十五分。

第二個訪客是LIPI。

進入時間為下午六點三十分，離開時間為下午七點正。

阿琳背著白叔悄悄用手機拍下這頁記錄簿作底，心道可能是重要線索。

「白叔，記錄簿上寫著兩個人的名字而已，除了他們還有誰找過加南嗎？我都忘記這事情已過去有一段時間，普通人多半會忘記見過什麼人，我真不該為難你的，可是人家我真的沒辦法～」伍鳳委婉道。

「開什麼玩笑，白叔我可是人稱過目不忘的活字典，這點小事怎會難倒我。那天我是下午五點半進工，一直工作到早上五點半，其間確實有好幾個人來找他，順序我不怎麼記得了，但我記得除了記錄簿上的這幾位，還有兩位。一位是加南的太太——娜比拉，聽說她和加南分居，看她出現在這裡讓我有些吃驚，不過她有住客卡是沒錯；另一名則是名叫扎希的白袍男子，他鬼鬼祟祟出現在大門入口，向我詢問加南的居住單位，之後我叫他在記錄簿上寫下名字就可進入，看來這傢伙沒在簿子上寫下名字，裝扮有些像醫生，兇手不會是他吧？」白叔努力回想。

「原來如此！那我還有一個問題，那天還有發生什麼怪事嗎？」伍鳳追問道。

「怪事什麼莫過於那天突然這麼多人找加南，平時都沒什麼人找他，沒想到就這樣死於非命，讓我不能不懷疑當中會不會有人殺害他。」

「那你覺得死者有可能上吊自殺嗎？」阿琳從旁探出頭問道。

「家庭遭遇巨變，發生這樣的事情也不難想像。」

兩人往加南的單位前進，在門口不斷張望案發現場裡的情況，他們小心翼翼掀開窗簾，發現這還不是普通的凌亂，客廳擺設支離破碎，賬單信件散落一地，看似曾遭遇一場末日浩劫，加上斑駁陳舊的牆壁，活生生就是無人廢墟，考慮到加南經濟能力不佳，居住在這樣的環境也是合情合理。

根據鄰居方詩詩的供詞，她是在早上經過時聽到嬰兒哭聲，把頭好奇探入一窺究竟，這就撞見了客廳吊著一個屍體。從門口的方向確實可清楚看見客廳情況，她的供詞算有一定的可信度。他們不過站在門口而已，就能聞到單位傳來陣陣異味，疑似摻和清潔劑和屍體腐壞的綜合氣體，兩人不敢多留，匆匆拍了一張現場照片，就直接前往隔壁單位，找鄰居方詩詩問話。

兩人不斷按門鈴，但還是無人回應，心道這麼巧她不在家，正準備離開時，大門突然打開了，來者是一名打扮樸素、披頭散髮的女大學生——方詩詩。

「不好意思，剛剛我在房閉關溫習，所以沒聽見門鈴響，你們是來找我的嗎？」

「不好意思打擾你，我是雜誌社記者，想要問你一些關於隔壁男子加南的一些事情，不懂你現在方便嗎？」伍鳳露出燦爛的微笑。

「問是無妨，只是該說的我都和警方說了，應該沒什麼好補充。」方詩詩皺眉道。

「沒問題，你只需回答我幾道問題就可以了，請問你和隔壁的加南先生交情如何？」

「基本上沒什麼交流，只是他偶爾會敲門把寄錯的信給我。」

「根據警方記錄，案發當日下午五點你聽到隔壁傳來激烈爭吵聲，你能否多加陳訴細節。」

「隔壁傳來爭執聲是常有的事情，但這次的火藥味是最激烈的一次，甚至還大吵大鬧，打碎瓷器，亂扔家具，我在客廳被吵得無法專心讀書，只好躲在房間念書，總算隔絕掉隔壁傳來的噪音。」

「根據你的判斷，加南會不會那時候就死去了？」伍鳳繼續問道。

「不可能，六點多的時候我到廚房準備晚餐，依稀聽到隔壁傳來加南的聲音，語氣似乎挺為惡劣，談話內容則一無所知，因我都把食物帶去房間吃。」

這麼說，加南在太太——娜比拉離去後還健在，被殺的可能很低，看來只能鎖定記錄簿上的兩人，阿琳心想。

「那你之後還有聽到什麼聲音嗎？」

「我沖涼後好像聽到隔壁家傳來拍門聲，依稀聽到沙沙作響，不知道對案情有幫助嗎？時間大概是七點半到八點左右。」

「對了，不懂加南會不會委託你照顧小孩，感覺他和太太的工作時間無法專心照顧孩子。」

「我是有照顧過一次，但有一次餵食嬰兒出了差錯，差點鬧出人命，以後不敢幫忙照顧了，現在則是樓下的潔思阿姨接手照顧。」方詩詩沮喪道。

「他的孩子可愛嗎？」

「非常可愛，沒能夠繼續照顧他是有些可惜，但這麼一來我能專心讀書倒不是壞事。」

「那你覺得死者有可能上吊自殺嗎？」阿琳探出頭問。

「我覺得他不至於脆弱到這個地步，印象中他很疼孩子，不大可能丟下孩子上吊自盡，感覺太太很可疑，但哪裡可疑又說不上。」

伍鳳和阿琳訪問完畢後，就去尋找住在樓下的家庭保姆——潔思，她們兩人表明來意後，潔思異常抗拒訪問，稱自己沒必要協助記者調查案件，伍鳳只好表示接受訪問能獲得一筆小酬勞，潔思二話不說就答允了。阿琳從伍鳳身上學到，美色與金錢能解決大部分的生活難題，可惜自己兩者都缺。

「老娘我不知道自己能幫什麼，因為警方都沒找老娘錄取口供，不就說明老娘和加南案件沒關係嗎？」

「也不是說要扯上什麼關係，主要還是想從你口中知道加南平時是一個怎樣的人。」

「加南雖然是外勞，但總能輕易和他人混熟，歸功於他盡心盡力為他人著想，有什麼難題都儘量幫忙，在這裡深受左鄰右舍的愛戴。他孩子出世沒多久就交給我照顧，一開始還按時交看護費給老娘，但這幾個月是有拖欠，老娘催促了幾次才收到一部分而已。根據他的說法，最近手頭有些緊，不難看出是太太離去後的影響，在這年頭單薪家庭的日子可不好過，更何況加南的薪水本來都不高。」潔思回想道。

「那麼那天你有發現什麼不對勁嗎？」

「沒什麼不對勁啊，加南那天自己照顧孩子，沒把孩子給老娘照顧，那天不就是星期六嘛……這麼說他有時會在週末晚上把孩子給老娘照顧，說要到鄰近的便利商店兼職，或許那天剛好沒兼職也說不定。對了，那天晚上娜比拉來這，問加南有把孩子給老娘照顧否，我順口說沒有，她看似有些悶悶不樂，都不懂發生了什麼事。」

「那時是幾點鐘？」

「沒錯的話是晚上七點多，那時老娘正在收看電視節目。」

「那你覺得死者有可能上吊自殺嗎？」阿琳從旁探出頭問道。

「或許吧，老娘現在都擔心是不是自己逼死他的……若老娘不向他討債，或許就不會造成他自尋短見。」

悲劇發生後，關係者往往都會有兩種舉動，一是努力推卸責任，二是把責任往自己攬，卻不知道誰是誰非已沒意義了。

「聽了家庭保姆的供詞，我才明白看守人員——白叔供詞裡的違和感從何而來。」伍鳳沈重道。

「我連白叔長什麼樣子都忘記了……」阿琳傻笑道。

「白叔提到曾目睹娜比拉出現在住宅區C，他進工時間是下午五點半，娜比拉是五點左右和加南起爭執，白叔怎麼可能會清楚遇見娜比拉踏入住宅區。一開始我還以為白叔誤認娜比拉離開看作踏入，綜合潔思的供詞，我有理由相信，娜比拉二度出現在住宅區C。」伍鳳語出驚人。

「這不就意味著她的嫌疑翻倍？」

「天曉得。」

「好，總算問完住宅區的關係者，那麼我們現在可收工了吧。」阿琳伸伸懶腰道。

「你就想得美，還有幾位關係者還沒問到話。」

「天啊，你真的把我當做實習記者來使喚，我不過是兼職啊！」

「要辦就要辦到最好，我們現在就往加南工作的地方出發！」

伍鳳和阿琳來到加南的工作地方——繁忙醫院，他們兩人還沒踏入醫院，就從停車位爆滿看出前來醫院的病人可是多如牛毛，少一些耐心都無法在這行工作下去。阿琳不是沒來過醫院，只是想到這次造訪目的，不知為何總有著莫名焦慮感。

「阿琳，你怎麼會出現在這兒！」有人拍了拍阿琳的肩膀，阿琳轉身一看認出是同為實習藥劑師的大學朋友——陳茹媚。

「還真巧啊，我剛好到這兒辦事，現在不方便談話，下次聊。」阿琳苦笑道。

雖然同是實習藥劑師，但阿琳沒這麼幸運能在政府醫院實習，只能暫時在西藥房實習，但不論是學習或薪水方面，醫院實習可是不懂高出幾倍，想到自己好歹是一等學士畢業生，到最後卻一事無成，這是阿琳一直以來不敢說出口的頹喪。

伍鳳問了服務櫃台，最後得知娜比拉的工作部門，阿琳好奇詢問她怎可能順利問到，記者身分理應不就會被趕出醫院。伍鳳笑道，說自己是保險公司來調查就解決了，就算加南沒買保險，櫃台工作人員也不會知道和多加阻攔。

伍鳳和阿琳順利找到娜比拉，表達來意後，她直接表明不想接受訪問，但知道自己是主要嫌犯後，還是選擇接受訪問。

「你們的出現讓我很困擾，給同事看到還以為我做錯事，我只能和你們談五分鐘。」

「不過幾句而已，那我們直接進入正題，娜比拉可以說說自己案發當日的行程嗎？」

「你多半知道我那天曾到過那邊吧？那我也不隱瞞，那天我到加南那邊商討孩子的撫養權，原因是我的新男友鼓勵我把孩子接過來一起住，更能保障孩子的身心發展，他並不介意孩子不是他親生，反而顯得異常熱衷……我還是不隱瞞你好了，扎希醫生無法生育。加南還是一如往常般頑固，激動推倒客廳的擺設，大聲說不會答應，孩子非他照顧不可，他又不是不知道自己是外勞，如今是依託我當地居民的關係，才不會被移民局取締，和我對抗準沒好下場。再說，若鬧上法庭，我新男友的身分難道不夠資格照顧孩子嗎？任何情況下他都不可能順利擁有孩子的撫養權。我實在不願意看到孩子受苦，馬上就要帶孩子離去，他苦苦糾纏，但瘦弱如他根本無法阻擋我，但他緊緊抱著小兒子不願放手，我不願傷害孩子就帶著大兒子離去。」

「那時候他還在生嗎？」

「當然……你不會是懷疑我錯手殺害加南吧？」

「我只是聽說加南有心臟毛病，誰知道可能在爭執當兒有些不適？」

「他的毛病我從不過問，這些還是你們自己調查吧。」

「根據家庭保姆——潔思的供詞，案發當天晚上七點多，你出現在潔思的住所，詢問加南有沒有給她照顧小兒子，不懂這件事屬實嗎？」

「這種情況下說沒，我的處境非常不妙吧？我是有到潔思那邊，因加南週末都會到便利商店兼職，就把孩子委託潔思看護，我是想趁機把孩子接走，沒想到他那天自己看護孩子，我也只好失望離去。」
「那你有到加南單位看看嗎？」
「我是有到那邊看看，但屋子裡頭一片漆黑，他應該帶著孩子外出沒回來吧。現在回想起來，他早就成為不會說話的屍體在客廳裡吊著，我未能親眼目睹也算是幸運。」
「你不是有住所鑰匙嗎？」
「自從我們分居後他就把家裡的大門門鎖換掉，非要和我劃清界限不可。」
「我有些藥物問題要請教你，阿司匹林一百毫克理應是早上吃的，加南怎麼會把這放置在中午藥格？」阿琳從旁探出頭問道。
「這個嘛……他平時沒吃早餐，而這藥物會為腸胃帶來負擔，我就建議他午飯後才吃。」娜比拉聽到藥物後有些吃驚，結結巴巴解釋。
「那你覺得死者有可能上吊自殺嗎？」阿琳繼續問道。
「這還有什麼不可能，不過是把繩子吊在樑上，找東西墊腳不就得了，他有這樣的念頭我不會覺得驚訝，他本來就是一個什麼都做不好的男人。」
伍鳳和阿琳向娜比拉道別後，兩人互打眼色，很有默契地指出娜比拉有著很大的殺人嫌疑。這時阿琳看到娜比拉和一名男醫生態度親密，不時交頭接耳，她想起白叔說過，有個白衣長袍男子曾詢問加南的居住單位，並且沒在記錄簿上寫下名字，行蹤極為不尋常。

「Phoenix小姐，白叔口中的白衣長袍男子會不會就是醫生，很有可能就是娜比拉的情夫。」

「我倒沒想到這一點，看來有深究的必要。」

她們兩人在後默默觀察男醫生，打量著他的樣貌身材，一開始不能理解為何像娜比拉這樣的肥胖人士都能鬧出婚外情，但看到情夫的樣貌長相也是癡肥一族，就不難理解了，兩人可說是天生一對百年好合。經過漫長的埋伏，她們好不容易等到他獨自離開病房，就把握時機來到他身邊問話。

「不好意思打擾你，請問你是扎希醫生嗎？我是八卦雜誌的記者，關於日前死去的醫院園丁，我有事情想請教你。」伍鳳單刀直入道。

「我是扎希沒錯，也有聽聞醫院園丁死去，但應該不關我事，我也沒什麼能幫上忙吧？」扎希醫生震驚道。

「雖然有些唐突，但住宅區C的看守人員說你當天曾經進入該住宅區，不懂有沒有這回事呢？」

「開……什麼玩笑……沒這回事，我有事先告辭了。」

「那你覺得死者有可能上吊自殺嗎？」阿琳從旁探出頭問道。

「隨便從廚房拿繩子站在凳子上就能上吊了。」

伍鳳和阿琳還沒來得及從扎希醫生口中問出什麼，他就匆匆離開了，兩人再度很有默契地互望。

「不懂你想的和我一樣否，多半是這對姦夫淫婦殺害了加南，然後將他吊起來，這並不是什麼難想到的犯罪過程。」阿琳狐疑道。

「奇怪在於，娜比拉再度抵達住宅區C時已是晚上七點多，但加南的死亡時間坐落於晚上六點至七點之間，我總不能懷疑是驗屍報告出了什麼差錯吧？」伍鳳皺眉道。

「看來只能是自動殺人裝置，搞不好他們真的使用乾冰類似的物質充作墊腳，話說利用乾冰延遲死亡時間也不是什麼罕見詭計。」

「你竟然還是堅持你的乾冰之說，我打死都不相信會目睹這麼沒創意的殺人詭計，我們就繼續訪問最後兩個嫌犯吧。」

最後第二位，醫院倉庫職員，張誌彬。

「我和加南是朋友沒錯，但我不確定自己有什麼能夠幫上忙。那天我大概是下午六點多在他家會面，我恰好經過那邊想約他去吃飯，但他看起來很沮喪，細問下才懂他和太太吵架，太太還把孩子給帶走了，這樣的氣氛下我也不便多留，只是安慰他幾句就離開了。」

「你的手和頸項怎麼受傷了？」伍鳳看到他手和頸項綁著紗布。

「在倉庫工作難免需搬運重物，一個不察就會造成肌肉拉傷，已過了一星期還是有些疼痛，都不懂是不是傷到筋骨，我有空檔就會用跌打藥酒按摩手腕，若再不痊癒搞不好會把工作給丟了。」

「那你覺得死者有可能上吊自殺嗎？」阿琳從旁探出頭問道。

「不大可能，你不會是懷疑我吧？我手腕受傷不是一天的事情，不信你可以問問我的同事。」

最後一位，加南的同鄉友人，也是醫院的清潔工人——力拔。

「你知道我出現在住宅區C……好吧，那時大概六點多，我是有去找過加南，但談話內容不怎麼愉快不方便透露……唉，不該說的也只能說了，我是要和他借錢，但最後是借不成。」

「你走起路來看起來有些步伐不穩？」伍鳳留意到他的走路姿勢有些奇怪。

「被你發現了，我是和加南起了爭執，最後被他推倒在地上，還把腳跟給扭傷了，也因為這樣我才匆忙離開現場。」

「那你覺得死者有可能上吊自殺嗎？」阿琳從旁探出頭問道。

「我根本沒想到他會自殺，若知道我不會這麼做，絕對不會。」

這場漫長的挨家挨戶訪問終於告一段落，兩人坐在久違的大大漢堡店稍作歇息。阿琳忍不住發出歡呼聲，在旁的伍鳳看她如此小孩子表現，不斷搖頭皺眉。

「你不會是想回家了吧，還不趁記憶猶新把情報給記錄下來。」伍鳳打開筆記簿飛快地寫下今日的調查結果。

「若知道是苦差，當初就不會爽快答應擔任助手。」阿琳無力道。

「就算你知道是苦差，多半也不會拒絕吧，你想當偵探想到要瘋了。」

可惡，竟然被這女人看不起，更可惡的是這是我的心聲——阿琳在心裡吶喊。

「根據死亡時間，最有可能下手的人就是張誌彬和力披，因這個時間點只有他們兩人在住宅區出沒，但若兇手可以辦到時間差殺人，那每個人都有可能下手。話說阿琳你為何每次都問嫌犯一樣的問題，我不是覺得不重要，只是你難得積極讓我有些奇怪。」

「我是受人所托。」阿琳小聲道。

「那個人就是我。」

伍鳳還來不及驚訝阿琳的回答，那邊廂就聽到不該在這裡出現的聲音，更為吃驚了。

「蘇隆毅，你怎麼會出現在這裡，別告訴我你要協助調查，我心臟可受不了這個刺激。」

「那你就好好照顧你的心臟，我確是為了協助調查而來的，至於調查理由我不方便透露。我昨天看阿琳吃午飯後滿懷心事，就知道是你又拉無知少女做一些虧心事，我一開始是不打算多管閒事，細想後還是稍微給一些意見，並要阿琳幫我問一個問題。」

「噢……那你覺得死者有可能上吊自殺嗎？這個問題又能問出什麼端倪？」

「你們先把今天的拜訪結果告訴我。」

阿琳和伍鳳花了一小時的時間，才把調查結果說得一清二楚，這時蘇店長眼神流露出堅定，阿琳清楚明白蘇店長已經找到關鍵所在了。

「要解決這宗命案，有幾項疑點是必須查證的。一，若是他殺案件，為什麼偽裝成上吊自殺案？二，案發現場為何殘留著奇怪的味道？三，加南死去了，誰是最大的獲益者？」

「莫非店長知道兇手是誰！」

「稍微想一下就知道是誰了，謎團像疾病一樣，必須對症下藥。」

阿琳心道，如果稍微想一下就知道是誰，那麼自己就不必在烈日當空的環境下流宕街頭了。

在蘇店長宣告知道真相後，阿琳還以為他會當場解釋，沒想到他說還需關鍵人物來到才能揭曉，阿琳心道這次會不會像推理劇一樣，召集一干人等進行推理解說。正當她坐立不安之際，沒想到蘇店長只召集一人前來，那人就是另一間西藥房的店長——周秋翔。

阿琳不可置信地看著周秋翔的到來，心想怎麼叫出一個和案件完全無關的人，忍不住和伍鳳悄悄細語，懷疑眼前這人就是兇手。周秋翔被店長臨時叫出來看似有些不耐煩，但礙於蘇店長面子也不便發難，只是冷冷望著阿琳和伍鳳，讓兩人更懷疑他就是兇手。

「阿蘇，你今天是不是吃錯什麼藥，竟然把我給叫出來，有什麼事就盡快說，我沒你們那麼有空，我店的生意可是忙得無法外出。」周秋翔為難道。

「叫你出來也不是什麼大事，只不過想麻煩你充當軍師，看我的一些意見是否正確，我就只能期望你了。」蘇店長罕有地拜託他人，讓阿琳只感奇怪。

「阿蘇少有地求我……既然你都這麼說了，那我也不推辭，這是怎麼一回事？」

「這關係到日前在住宅區C的上吊命案，死者是我家顧客，我需要你幫忙驗證一些事情。」

「我不敢說自己能幫到什麼，就暫且聽聽。」

「別擔心，我叫你出來不是沒有道理的，那讓我先解釋整件事情的來龍去脈。孟加拉男子——加南是一名醫院園丁，和一名護士——娜比拉相戀結婚，育有二子，沒想到娜比拉紅杏出牆，與一名醫生私通，並要挾加南離婚，和交出孩子的撫養權。加南個性懦弱，但為了孩子絕不退縮，娜比拉自知理虧也暫時拿加南沒輒。加南的小兒子是G6PD缺乏症病人，不能服用大部分的藥物，某天加南帶著發燒的小兒子到西藥房買藥，我家店員對G6PD沒什麼研究，就給他一些不適合小兒子服下的藥物，所幸後來及時找到顧客，沒釀成什麼大問題。」蘇店長開始解說。

「你家店員真是不學無術，若鬧出人命就不是什麼好玩的事情了。」周秋翔輕蔑道。

在旁的阿琳沮喪得抬不起頭。

「事實上真的出人命了，但這與我家店員毫無關聯。加南被發現吊死在屋子裡，警方目前為止都無法斷言是自殺還是他殺，但我現在可以肯定地告訴各位，他是被殺死的，證據就是案發現場照片裡出現的墊腳物，這是一張極為廉價的塑膠凳子，相信每個人家裡都有一張，成人坐下去可能不成問題，但站在椅子上絕對無法支撐，繼而損壞，照片上的凳子看起來沒什麼大礙，多半是兇手放在死者腳底下意圖擾亂調查方向。」

「沒想到兇手如此粗心，稱不上什麼漂亮詭計。」周秋翔回道。

「魔鬼往往藏在細節裡，就像藥物劑量一樣，差之毫釐，謬以千里。案件一直到今天仍沒有進展，主要是警方無法確認誰是主要嫌犯，沒錯，乍看死亡時間推斷，最大可能下手的人是張誌彬和力拔，但是兩人不約而同聲明，曾看過死者的最後一面，之後出現在現場的娜比拉，嫌疑之大幾乎可確認是兇手，但與死亡時間有著微小差距。為了確認他們的清白，我叫實習生向他們各自問了一個問題，『那你覺得死者有可能上吊自殺嗎？』」

「這問題又能問出什麼？我聽她發問都覺得有些莫名其妙。」伍鳳不屑道。

「問出的東西可多了，這是阿琳為我整理出來的口供。」蘇店長取出一張紙，上面密密麻麻寫著很多字。

白叔：家庭遭遇巨變，發生這樣的事情也不難想像。

方詩詩：我覺得他不至於脆弱到這個地步，印象中他很疼孩子，不大可能丟下孩子上吊自盡，感覺太太很可疑，但哪裡可疑又說不上。

潔思：或許吧，老娘現在都擔心是不是自己逼死他的……若老娘不向他討債，或許就不會造成他自尋短見。

娜比拉：這還有什麼不可能，不過是把繩子吊在樑上，找東西墊腳不就得了，他有這樣的念頭我不會覺得驚訝，他本來就是一個什麼都做不好的男人。

扎希醫生：隨便從廚房拿繩子站在凳子上就能上吊了。

張誌彬：不大可能，你不會是懷疑我吧？我手腕受傷不是一天的事情，不信你可以問問我的同事。

力披：我根本沒想到他會自殺，若知道我不會這麼做，絕對不會。

「這口供乍看有些不對勁，但是哪裡不對勁我又說不上。」阿琳認真思考。

「你這不就在說廢話嗎？就好比我是有些明白，但是哪裡明白又說不上，我是完全看不懂，蘇隆毅你就快點解釋吧。」伍鳳插嘴道。

「那你覺得死者有可能上吊自殺嗎？」

「我是覺得有可能啦，感覺他不尋死也會氣死……但又和案件有何關聯？」

「這就是一般人的回答方式，若別人問你其他人的私事，除非你清楚了解事情的全貌，不然通常會回答比較表面的東西，比較傾向於揣摩那人的行動方式，而不是舉出一些實際例子企圖讓人信服。若說的內容莫名其妙讓人摸不著腦袋，那麼他很有可能是做賊心虛。」蘇店長搖頭道。

「我明白了！娜比拉和扎希醫生下意識回答如何吊起屍體，而這分明是只有兇手才知道的東西，兇手果然是他們兩人！」阿琳拍桌道。

「在那之前，大家留意一下方詩詩的對白，她表示娜比拉很可疑卻無法明確指出，我想她不是無法明確指出，而是無法透露她所知曉的一些內幕。」

「她又能知道什麼內幕，每天躲在房間的書呆子。」伍鳳不屑道。

「你別太看不起讀書人，不然跌個滿身傷都不懂發生什麼事情。你們提到抵達方詩詩家時，按了門鈴好多次她才察覺，開門就說在房間沒聽到有人按門鈴，對嗎？」蘇店長不可思議地記得阿琳說的每一個細節，讓在旁的阿琳嘖嘖稱奇。

「是這樣沒錯。」

「奇怪就在於這裡，方詩詩聲稱她聽到嬰兒哭聲，才好奇望向加南家裡的情況，但根據警方記錄，嬰兒被發現在關上門的房間，她已證明在關上門的房間是聽不到外面的聲音，照理來說她不可能聽到嬰兒哭聲。於是我有了一個猜測，而這個猜測能解釋她所有不自然的舉動——那就是她房間有著能窺探隔壁嬰兒房的小孔。

「根據你們所述，住宅區C的建築物都是年久失修的舊屋子，房間有著縫隙能看到隔壁狀況，這並不足為奇。方詩詩毫不掩飾對嬰兒的喜愛，因一次粗心照料闖禍，就不再幫忙照料嬰兒，很有可能對嬰兒念念不忘，經常躲在房間窺探隔壁房的動靜。案發當日，她聽到隔壁傳來激烈打鬥聲，一直留意隔壁有什麼事情，深怕會傷害到嬰兒，於是不斷通過小孔窺看隔壁情況，也看到了娜比拉晚上出現在嬰兒房裡，並把嬰兒安穩地放在搖籃上，才會懷疑是娜比拉殺害了加南。」

「這個假設聽起來是不錯，但還得到她房間調查才能夠證實，不過這就交給警方去辦吧。」伍鳳馬上記錄在筆記本裡。

「就算真的在晚上七點左右看到娜比拉出現在房子裡，但加南的死亡時間是六點到七點，她總不可能遠距離操縱加南的生死吧？」阿琳望著天花板沈思了好一會兒，繼續問道。

「首先我們必須揭開藥盒之謎。現場一片凌亂，藥盒卻安穩地放著藥物，毫無凌亂的跡象，你們覺得有這個可能嗎？」蘇店長展示伍鳳拍下的藥盒圖片。

「或許就是這麼巧呢？」伍鳳打岔道。

「確是有這可能，但死者手中緊緊捉著一顆藥丸，你覺得死者是特地打開其中一個藥格，然後握在手裡當做死前留言嗎？這麼做的話兇手哪有看不見的道理。」

「死者手中是名為氨氯地平的藥物，我到現在還是不明白這代表著什麼意思，若他心臟病發，理應是找出俗稱舌底丸的硝酸甘油舌下錠，用來舒緩心絞痛，沒有拿下氨氯地平的道理。」阿琳抓抓頭道。

「你這就說到重點，這只有一個可能而已，就是在激烈打鬥下，藥盒裡大部分的藥物都掉出來，加南匆忙下捉了一顆藥丸，然後就氣絕身亡。兇手原本想置之不理趕快離去，但看到散落一地的藥物，發現了一件奇怪的事情。」

「單看藥盒能看出什麼？」阿琳追問道。

「那就是從罐子取出的硝酸甘油舌下錠，這藥物不建議從藥瓶取出，若曝露於陽光或高溫，將會造成藥力失效，這分明是本末倒置。在醫院倉庫工作的他，多半知道這藥物正確安置的方法，他懷疑這背後是不是有人動手腳或有意謀害加南，想到是誤導警方的機會。於是真兇用不留下指紋的方法，把藥物拾回去藥盒。你們注意看，圖上的藥盒款式，藥格要完全打開並不容易，或許就是依照還沒打開的藥格，依樣畫葫蘆把藥物放回去。放回去時，他發現少了一粒，不願再花時間找，恰好看到散落一地的信件有著方詩詩的信件，於是動念把星期六早上藥格空住。」蘇店長解釋。

「空住星期六早上藥格又有什麼意義？」阿琳不解。

伍鳳仔細看了藥盒照片好一會兒，驚訝道：「我明白了！星期六早上藥格空住，警方就把注意力集中在星期五六日的位置，日期英文簡縮寫不就是FSS（英語：Friday Saturday Sunday），恰好是方詩詩的英文縮寫，這兇手太狡猾了！」

「嗯，說的沒錯，要知道兇手是誰，我們還得說說藥盒情況，就如我剛才提到的硝酸甘油舌下錠，看出指導加南排藥的人，一直都不安好心，恨不得他早日死去，那個人的身分你們應該看出來了，正是加南的前妻——娜比拉。她不但讓救命藥丸失效，更狠下心腸放置兩種膽固醇藥物，分別是辛伐他汀和吉非羅齊。若你對藥物有所瞭解，同時服用兩種膽固醇藥物有著極為嚴重的副作用，那就是肝臟問題和肌溶症。[11]」蘇店長繼續解釋。

「什麼是雞籠鎮？」伍鳳追問。

「肌溶症是降膽固醇藥物最嚴重的副作用，發病症狀為肌肉酸痛、尿液變色和不時作嘔。」沈默已久的周秋翔答道。

「天啊，這幾個症狀都是加南曾經提及的。」阿琳無法置信道。

「雖說這兩種藥物不建議一起服用，但也有病人確實同時服用兩種膽固醇藥物，只要其中一個是白天服用，另一個是晚上服用就能將副作用的傷害降到最低。加南並沒有這樣做，只因身為護士的太太是這麼教導他的。加南有這個病徵，也再

[11] 橫紋肌溶解症（Rhabdomyolysis），是指我們的骨骼肌（橫紋肌）發生了急速的大面積損傷破裂與崩解之後，造成肌蛋白、肌球蛋白（Myoglobin）和其他肌肉中的物質被釋放到細胞外及循環系統中。

次驗證他無法上吊自盡，要把繩子安穩地綁在樑子上，需使用很大的力氣，他根本沒這能力做到。」

「不用再囉嗦了，我們這就去報警處理吧！」伍鳳迫不及待道。

「你這麼想就掉入真兇的陷阱了，要知道誰是兇手，最終還得從死者手中的氨氯地平說起。」蘇店長搖頭道。

「聽你這麼說，兇手莫非另有他人，但氨氯地平又怎能指向兇手啊？」阿琳不可置信道。

「阿琳，你還記得如何為加南解釋氨氯地平嗎？」

「當然記得，我解釋氨氯地平為鈣通道阻滯劑簡稱ＣＣＢ，為常見的高血壓藥物。周先生說我解釋得太難懂，所以我印象深刻。」阿琳低頭道。

「這就對了，所以加南就把氨氯地平是ＣＣＢ給記下來，他臨死前捉下氨氯地平，就是要提示真兇就是英文縮寫是ＣＣＢ的人。」

「有這號人物嗎？啊……我知道了，就是張誌彬！我記得在住宅區C的看守記錄簿上面寫著他的英文名，正是CHEEBING！」伍鳳驚訝道。

沒錯，殺害加南的人就是醫院倉庫職員——張誌彬，在場者都確實嚇了一跳。

「照理來說張誌彬應該無法殺害加南，因根據記錄簿寫著，他到張誌彬家後才輪到力披，力披的口供清楚說著加南那時還沒死去，無形中證明張誌彬不可能是兇手。」

「如果張誌彬是力披離開後才到達，你怎麼看？」蘇店長反問。

「確實添加不少嫌疑，但……記錄簿可是清楚寫著……」伍鳳小心翼翼道。

「我們回到記錄簿上的記載。根據你們的匯報，看守人員——白叔對於訪客不怎麼上心，就連記錄簿也不怎麼嚴厲，兇手就是看準這個漏洞，在記錄簿上動了一些手腳。你們看看記錄簿上的登記，CHEEBING這名字之間沒間隔，會寫中文字的他，卻故意不依據記錄簿語言寫下自己的中文名字，反而選擇寫下不完整的英文名字，說到這樣的程度你們多少能察覺什麼不對勁吧？」

「我知道了！張誌彬把LIPI的名字改寫成CHEEBING？假設力披在記錄簿訪客名字正央寫下LIPI，張誌彬就把LIPI改寫成EEBI，再完整寫下CHEEBING，這也解釋為何名字之間沒間隔，和他故意不寫中文名字，這手法太大膽了。」阿琳嘖嘖稱奇。

「阿琳說得沒錯，我猜測案件是這樣進行的，張誌彬手受傷的緣故，無意在記錄簿寫下名字，只是沒想到進去後釀成大禍，才鬥膽在記錄簿做手腳。」

「我對於兇手是張誌彬還是難以接受，我們都知道他手受傷，怎麼可能能勒死死者，並吊在樑上？」伍鳳插嘴道。

「現在我為大家解釋整個事件的真相，其實這是一連串巧合堆砌的悲劇。加南那天下午和太太吵架，太太更把大兒子給帶走，讓他心情低落。沒想到之後來了一位借錢的朋友——力披，借錢不果後兩人起了爭執，讓加南的心情更為惡劣。張誌彬上門拜訪，談話內容不怎麼愉快，加南一氣之下就把手按在張誌彬的頸脖上，用力要把他捏死，也造成張誌彬頸項上的傷痕。張誌彬一隻手受傷無法反抗，以為自己命不久矣之際，加南突然心臟病發，手上無法使力。張誌彬掙開他的手掌，把窗簾卷著死者的頸項，用身體的重量拉動窗簾，企圖制止加南的暴行，沒想到就這樣勒死加南了。」

「店長不好意思打岔一下，用窗簾勒殺不會造成明顯勒痕，這說法似乎有些牽強……就當做你是對的，張誌彬不可能一隻手把加南吊起來啊！」

「阿琳說得沒錯，張誌彬眼看失手殺害一個人，知道自己無法善後，情急下只能還原藥盒情況，企圖把矛頭指向娜比拉或鄰居，之後就匆匆離去。他故意不將大門反鎖，目的就是引導他人進屋子發現屍體，這麼一來就盡可能讓更多人被懷疑。他準備離開住宅區C時，正要假裝填下記錄簿，心裡盤算故意不寫若被看守人員記下，之後反而更具嫌疑，急中生智將拜訪順序與力披調換，企圖瞞天過海。」

「我不相信張誌彬就這樣離去，事實上死者真的被吊起來，總不可能有人幫忙他善後！」伍鳳不可置信道。

「死者被吊起來的事情，還真是與張誌彬毫無關聯，也的確是有人幫忙他善後，那人就是加南太太——娜比拉。」

「怎麼可能有人會做出這種傻事，看到屍體不會直接報案嗎？」阿琳搖頭道。

「問題在於加南的死狀，儘管死因是勒死，但在娜比拉眼裡，無疑就是心臟病發。她在死者藥物動了手腳，知道加南心臟病發就算使用硝酸甘油舌下錠也幫不了什麼，因這藥物已經失效。她不能讓別人就這樣發現屍體，就馬上呼叫情夫——扎希醫生前來幫忙，也就解釋白叔看到鬼鬼祟祟的白袍男子出現在住宅區C，他們將死者吊起來後，就把藥盒裡的硝酸甘油舌下錠拿走，也把小兒子移動去嬰兒室，主要是放不下心讓孩子對著屍體。若貿然帶走孩子無疑是找死，讓人知道他們曾出現在現場處理屍體。」

「天啊，好曲折離奇的過程。」

「可是阿蘇到最後也不能證明是張誌彬下手對嗎？根本沒證據。」周秋翔插嘴道。

「當我聽到死者家裡彌漫著空氣清新劑的味道，和有人曾幫嬰兒沖涼，我就知道兇手想清洗掉現場留下來的味道，那足以指證他身分的線索。我也不賣關子了，那就是跌打酒的味道，張誌彬手腕受傷，曾表示自己隨身攜帶跌打酒。當張誌彬與加南纏鬥，跌打酒不小心跌破並濺去嬰兒身上，造成整間客廳彌漫著跌打酒的味道。張誌彬釀下大錯後，心知必須盡快把味道消除，就用香精沐浴露把孩子身上的味道洗掉，並且用空氣清新劑掩蓋跌打酒的味道。」

「但是，也不能證明跌打酒曾經出現在現場。」周秋翔降低聲量。

「只要仔細檢驗嬰兒身上的殘留物質就能找到線索，再與張誌彬使用中的跌打酒對比一下就能得出結果。再說，能引起G6PD缺乏症病患出現溶血症狀的物質，其中一個就是跌打酒，因跌打酒含有牛黃成分。[12]嬰兒這次還真是無辜。」

看來這就是真相的全貌了。

「店長你什麼時候就開始懷疑張誌彬？」阿琳好奇問道。

「當我看到你的記錄寫著，張誌彬說，『不大可能，你不會是懷疑我吧？我手腕受傷不是一天的事情，不信你可以問問我的同事』，我就覺得事有蹊蹺，他似乎準備這答案已久，並有信心能靠這理由避開嫌疑，卻不知道是此地無銀三百兩。」

「看來張誌彬就是殺害加南的兇手，但實際的殺人動機是什麼？」阿琳問道。

「這就是我找周秋翔來這裡的理由，張誌彬為了什麼而殺人，你應該心知肚明

[12] 牛黃：中藥的一種，易使G6PD缺乏症患者引發疾病。

吧？」蘇店長語出驚人。

大夥望著周秋翔驚訝得說不出一句話，而他臉色大變，看似驚慌失措。

「蘇隆毅，開什麼玩笑，我不認識張誌彬……就算認識他，我怎麼可能知道他殺人！」周秋翔微怒道。

「你就是認識張誌彬，因他就是醫院接應你偷運藥物的人。」

「你……」周秋翔驚訝得連話都說不出口。

「從你開口邀我購買低於市價的藥物，我就懷疑你在醫院是不是有接應，之後看你一副認識加南的樣子，而他看你出現後就匆匆離去，讓我感到好奇不已。以下是我的猜測，加南在藥物倉庫附近擔任園丁，日子下來和藥物倉庫職員——張誌彬結識，卻無意中撞見張誌彬與你偷運藥物，加南曾提及的員工手腳不干淨，就是指張誌彬偷藥去賣。你那天聽出端倪，也認出他的樣子，就和張誌彬說一聲，張誌彬則負責擺平這件事情。你沒想到，張誌彬竟然不小心殺死加南，或許該這麼說，你根本不敢想像是張誌彬殺死了加南，分明就是要讓自己的良心好過一些。」

蘇店長把案件的來龍去脈解釋完畢，在旁的伍鳳阿琳驚訝得說不出話，反之周秋翔無法反駁蘇店長的推理，頭低得幾乎要碰到桌子了。

「所以阿蘇現在要報警緝拿我歸案嗎？」周秋翔苦笑道。

「沒有人背負罪惡感能過得快樂，這輩子恐怕也不會好受，這為心病，然而心病終須心藥治，恰好就是藥劑師的工作範圍了。我叫你來是要你勸張誌彬自首，至於你我無話可說，你好自為之，之前欠你的債務這下我還清了。」

周秋翔狼狽地從阿琳三人的視線離開。

「我們真的不需要報警處理嗎？難道不怕他通知張誌彬後，兩人一起潛逃？」阿琳戰戰兢兢道。

「我們不是員警，我們只是藥劑師，捍衛正義不是我們的職責，再說給我感覺太麻煩了。我也借這個機會告訴阿琳，你必須記住他最後的背影，這就是貪戀不義之財的下場，就算逃得了法律制裁，這輩子也逃不過良心的苛責。」蘇店長語重心長道。

「我不是員警，也不是藥劑師，那我就不客氣地把這案件寫成獨家系列報導，謝謝你們！」伍鳳不客氣道。

阿琳開始對所謂的正義感到模糊，什麼都不做又說得上正義否，就算知道真相又如何。做人果然還是得問心無愧，才不會擔憂哪天被人戳破，成為一輩子的陰影。

第三話：請包涵處方的字體

外頭別於一貫的酷熱天氣，難得迎來秋意蕭瑟的陰天，看不見烏雲也看不見藍天，微灰朦朧卻也無法直視天空，太陽不懂躲在哪朵雲的懷抱，這樣的天氣還真適合在郊外野餐。這樣的說話方式還真懷念，事實上這年頭的人都不愛野餐，不提天氣變化無常，到郊外人煙稀少難免擔心自身安危，加上沒幾個人有那個心思慢活過日子，反而專心瀏覽手機裡瞬息萬變的垃圾訊息——現代人就是那麼無趣乏味。

便宜西藥房裡還是一如往常的沒有顧客，既然店長都不擔心前景未來，員工也不必操心煩惱，還是專心找其他工作後備比較實際，店裡員工都是這麼想的。在這裡工作最久的阿凱，年紀不小，工作用意不過是打發時間，反正在家也是閒著，若沒工作就直接退休去了。資歷其次則是莎拉，每天都和阿凱鬥嘴的她，自知自己在店裡幫不了什麼忙，暗地打算辭退後到超級市場打工，也不至於到一籌莫展的地步。

阿凱和莎拉兩人在店門前凝視對面街的西藥房——專業西藥房，發現對面店鋪生意也不怎麼樣，忍不住聯想到通貨膨脹，大部分市民看到藥物價格起跳，紛紛埋怨西藥房不人道，殊不知西藥房根本是啞巴吃黃蓮，最後市民選擇在政府醫院大排長龍，再不願意到西藥房購買藥物。

市民消費能力銳減，西藥房分店仍不斷崛起，好比這年頭購物廣場多到泛濫的地步，無疑是自尋死路，但大家都有信心自己能夠在這場硬戰存活下來，或許就是擁有什麼萬全之策，逐漸淪為商場上的惡性競爭，再也談不上什麼專業可言。

正當兩人七嘴八舌辯論著藥物價格失衡的問題，她們發現休假一天後的阿琳，看似沒什麼精神，不如往常般加入她們的談話，好像有什麼心事。

「阿琳，不懂是我多心還是什麼，總覺得你休假一天後更加沒精神，不會是半夜跑去夜總會吧？」莎拉好心問道。

「莎拉你別以為每個人都像你一樣不要臉，阿琳怎麼可能會去這種不檢點的地方，阿琳你是不是昨天在男生家過夜？」阿凱駁斥莎拉的說法。

「阿凱的猜測才是瞎扯，阿琳都沒有男朋友，你這下是存心找碴是不是？果然沒嫁人的女人就是少根筋。」

「你嘴巴給我放乾淨一點！」

阿琳抬頭看了她們一眼，不耐煩道：「我今天心情不好，你們不要打擾我。」

「就是知道你心情不好，才想安慰你，有什麼不開心說出來無妨。」莎拉難得善意問候。

「沒錯，就算給男人玷汙，現在服下事後避孕藥也還來得及。」阿凱語出驚人。

莎拉沒好氣地望了阿凱一眼。

「我說出來是無妨，其實不是我自己的事情，是我在醫院工作的朋友發生了一些事，我知道後很難過，所以就沒心情了。」

「因別人的事情，讓自己無精打采，還真有阿琳的風格。」阿凱沒好氣道。

「在我朋友身上發生的事情，是一件極為不幸的事情，甚至讓我擔心自己能不能勝任藥劑師這份工作了。」阿琳嘆息道。

「工作？莫非你的朋友也是藥劑師，這麼一來她發生的事情莫非是……」莎拉似乎看出端倪。

「就如你想的一樣。」

阿琳昨天接到朋友電話，對象是之前在繁忙醫院碰到的大學同學——陳茹媚，同為實習藥劑師，卻擁有截然不同的際遇，讓阿琳可是羨慕不已。在阿琳和陳茹媚見面前，她不斷安撫自己不表露太強烈的羨慕神情，不能在朋友面前示弱，顧及面子之餘，更不想讓別人替自己擔心，但正式見面後，阿琳就有些慶幸自己不在醫院工作。

阿琳接到她電話後，隱約察覺陳茹媚的不對勁，自大學畢業以來不曾碰面的朋友，無故約出來見面，不是行銷的話，自然是發生了什麼重大事故。

「阿琳，我現在就只能和你說了，家人和朋友我都沒勇氣和他們說出口，同是藥劑師的你，不多不少應該能理解我的處境。事情是這樣發生的……」陳茹媚閃爍其詞，最終還是如實告知。

陳茹媚在繁忙醫院實習已有半年的時間，她工作認真勤奮學習，這期間沒犯過什麼錯，曾多次被上司表揚工作表現卓越，在上司同僚眼裡儼然是模範實習生。性格獨立的她以為自己已是獨當一面的藥劑師，和其他初出茅廬的實習藥劑師不一樣，能自行處理工作上的奇難雜症，遇到難題不和上司再三確認，也就釀成這次的錯誤。

這月恰逢穆斯林齋戒月，穆斯林白天不能進食喝水，就連藥物也不能服用，基於這情況下，大部分藥物必須調整服用時間，以確保病人齋戒期間不會有什麼健康大礙。就好比原本早餐後的藥物，就建議在天亮前服下，原本晚上服用的藥物則保持現狀。一些比較特殊的例子，如短效胰島素注射藥物[1]，需在進食前三十分鐘

[1] 短效胰島素註射藥物（Fast-acting insulin）胰島素是藉由與肌肉細胞及脂肪細胞上的胰島素接受器結合以促進葡萄糖進入細胞内，並且抑制肝臟中葡萄糖的釋出，而達到降血糖的效果。短效型胰島素注射後0.5至1小時開始作用。

注射，齋戒月份沒進食意味中午的注射可以省略掉，若注射了必須在三十分鐘後進食，不然會造成血糖過低。

陳茹媚熟讀給藥指南，也尊重穆斯林病人齋戒的想法，一直都深受病人的愛戴。這天她看到處方箋寫著大力丸[2]，不確定這用來治療什麼疾病，而疾病處寫著MG，更是聞所未聞的省略語，心想應是修復肌肉的藥物。繁忙時段身邊沒人可以詢問，病人不斷催促下，她只好硬著頭皮派藥給病人。

「凱里先生，讓你久等了，這藥物就和之前的吃法一樣。」陳茹媚從同僚身上學到這順手推舟的好句子，反正病人不是第一次吃這個藥物，應該沒什麼大問題的。

「之前我是每四個小時吃一粒，我想問你的意見，能不能省略白天的分量，因為這個月份是齋戒月，我從來沒試過不齋戒，給別人知道難免成為詬病。」年老體衰的病人小心翼翼問道。

「確實如此，既然你有心要齋戒，那就吃早上和晚上的分量吧。」陳茹媚脫口而出。

「謝謝你，那我去搭公交車了，不然趕不及。」

病人帶著欣喜的心情離開了醫院。

陳茹媚沒有想到，這句無心之失竟釀成一個大問題——病人被送去深切治療科

[2] 大力丸（Pyridostigmine），可增加肌無力症患者的肌肉收縮強度，目前是用於治療肌無力症的第一線用藥。

接受治療，原因是沒依照處方箋指示服下藥物。

電腦記錄顯示陳茹媚是負責分發藥物給病人的藥劑師，接受問話後證實是陳茹媚輔導錯誤，在上司的講解下，陳茹媚才發現自己的錯誤是多麼荒謬而且不專業。

處方箋上寫著的ＭＧ為重肌無力症[3]，是一種神經肌肉的長期疾病，能導致不同程度的肌肉無力，需依賴藥物來控制病情。根據醫生的指示，病人需每天按時服用大力丸，要是劑量不夠有可能造成病徵加劇，若情況持續可能衍變成免疫系統的紊亂，引致呼吸困難的問題，如不及時送醫，恐怕病人會一命嗚呼。

陳茹媚知道自己犯錯後，震驚得跌坐在地上，差一點昏厥過去。待她情緒平復後，上司告知這次的醫藥錯誤無從抵賴，證實是醫院職員犯下的錯誤，家屬知曉情況後決定向醫院提告，並果斷把病人轉去私人醫院接受治療。不幸中的大幸陳茹媚是實習藥劑師而不是註冊藥劑師，這樣的情況下多半因為經驗不足而保住工作，上司還是建議陳茹媚親自向病人家屬道歉，就算無法親自到病房，至少私下會晤病人家屬，情理上應給病人一個交代。

「你覺得我應該去和病人家屬見面嗎？我從醫院登記處得到病人住址後，好幾次都在門前徘徊，始終沒勇氣敲門拜訪。最後一次拜訪時我在門口聽到動靜，情急下躲到門前的小型花園，像吸血鬼躲在暗處不敢曝曬陽光。我屏住氣息不敢發出聲

3 重肌無力症（Myasthenia Gravis，MG）在台灣每10萬人有8至10例，是一種肌肉的自體免疫疾病，體內產生乙醯膽鹼接受體的抗體，造成接受器的破壞與數目減少，使神經與肌肉間的傳導功能受損，影響到許多不同的肌肉，造成不同程度的無力。最嚴重狀況是病人呼吸困難，進出加護病房急救，需藉助呼叫器維生。

音，從葉片小點窺探陽光的碎片，下意識摘下黃色花雛，卻發現掌心被紅色汁液染紅了，那顏色就像鮮血一樣……這不會是病人的詛咒吧？我無形中害了一個人，莫非是我的報應，我頓時嚇得拔腿離開現場。」陳茹媚顫聲道。

這是陳茹媚找阿琳出來商量的原因。

我不知道——阿琳沒勇氣說出口，只是一味地保持沈默。阿琳同是藥劑師，當然明白這件事態的嚴重性，之前她不小心給錯藥物給G6PD缺乏症的孩子，十萬火急衝去他的住宅區，在病人服下錯誤的藥物前及時糾正，這才沒鑄成大錯。

阿琳暗地思索，若不知道藥物搭配出現問題，或找不到病人的蹤跡，病人吃下去後出了什麼毛病，這輩子都不會安心，永遠背著九流藥師的標籤過日子。就算病人安然無恙，事後向衛生部投訴，不排除衛生部會把阿琳列入黑名單，寒窗苦讀十多年好不容易考到的學位，剎那之間可能蕩然全無，沒有人有勇氣承擔得了這個結果，也沒有臉面對含辛茹苦養育自己的父母。

一想到這個關鍵，阿琳背脊一涼，無法正常思考了，對話就在支支吾吾下結束。阿琳昨晚根本無法好好入眠，不斷思索若自己是她的話如何應對，一想到未來前景變得暗淡無光，她苦惱得輾轉難眠，第二天起來自然打不起精神，就直接來上班了。

阿琳告知一切後，還以為大夥會臉色一變，沒想到她們聞言後面不改色，還露出一副不能理解的表情，阿琳意識到自己好像說了不該說的事情。

「我是很同情你朋友的遭遇，但你總不能把情緒帶進工作吧？」阿凱皺眉道。

「阿凱這麼說就太不近人情了，雖然阿琳有些小題大做，但嚴格上來說還是一件值得討論的事情。」莎拉在旁安撫道。

你們難道不會安撫我嗎——阿琳內心嘀咕。

「看你這副模樣，不會是以為大家會安慰你吧？這次連莎拉都不想理你。」阿凱繼續皺眉道。

「阿凱說出我的內心話，怎麼你們一點也不感到驚訝？」

「雖然我沒讀過大學，對藥理也沒什麼心得，但好歹也在西藥房工作一段時間，不，就算沒在西藥房工作，都知道醫藥錯誤是常有的事情。」莎拉語出驚人道。

阿琳驚訝得說不出話，若上述這句話傳開，想必後患無窮。

「瞧你的驚訝神情，就知道你腦袋想一些有的沒的，莎拉這丫頭雖然狗嘴吐不出象牙，但說得沒錯。你別繼續瞪我，我當然沒有說醫藥錯誤是理所當然的事情，而是有些錯誤不是故意犯下的，可以是疲憊過勞或經驗不足，更可能是一時粗心。每一種行業都存在著潛在風險，一旦犯錯引起的問題可大可小，我們與藥為伍，病人安危自然是我們最為關心的事情。也因為這份工作的不容易，才有所謂的專業藥劑師，但藥劑師終究是普通人類，還是會犯下無心之失，只要誠心悔改，下次不要再犯就可以了。」阿凱搖頭道。

阿琳現在才明白白袍背後的重量，讓她不寒而栗。

「蘇店長平時看似對大家愛理不理，採取放生的教學方式，但唯獨醫藥錯誤的防範工作，可是努力做到最好。佈告欄上貼著的醫藥資訊海報和藥物標籤都由店長精心設計，就是希望大家懂得醫藥錯誤的嚴重性，提醒自己時時刻刻都打起十二分精神。」

阿琳點頭稱是，她一踏進這間西藥房就察覺到這間西藥房比起其他同行，陳列的醫藥資訊海報比較多一些，其中包括衛生部提倡的安全使用藥物活動、形似音似藥品[4]、高警訊藥物[5]、安全使用抗生素等等。更讓她驚嘆的是，藥物標籤使用藥名大小寫變化管理[6]，在醫院或許不罕見，但在私人西藥房看到可是難能可貴。

我能成為一個好的藥劑師嗎——阿琳反覆問著自己。

「歡迎光臨。」

迎面而來的是一名上了年紀的男子，他皮膚黝黑體型癡肥頭髮稀疏，身穿米黃襯衫黑色長褲，看似普通的上班族無疑。他進店後一臉凝重，皺眉頭不斷用眼睛

4 形似音似藥品（Look-alike and sound-alike，LASA），需區隔存放及做標示加以提醒，為防錯機制中含相似藥品管理。

5 高警訊藥物（High-alert medication，HAM）是指藥理作用顯著且迅速、易危害人體的藥品。

6 藥名大小寫變化（Tall-man Lettering），大小寫以音節為基準，為防錯機制中含相似藥品管理。

掃描整間店的結構，宛如全面掃描深海地帶的潛水艇雷達，讓阿琳等人感到莫名其妙，心道這年頭不少怪人。

「先生，請問需要什麼嗎？」莎拉湊前問道。

「我只和藥劑師說話而已。」男子冷道。

這句話讓現場氣氛瞬間降溫，她們很有默契地把阿琳推出，阿琳也只好硬著頭皮應付顧客。阿琳打量著眼前顧客，看起來受過高等教育，沒想到竟然說話不經大腦，直腸子的說話方式只會惹來他人厭惡。

「我是藥師。」阿琳戰戰兢兢道，說出口的瞬間想起若干年前火紅的洗護合一新專輯歌唱比賽。

「看你這副模樣充其量是新手藥劑師……唉，總好過那些不曾受訓的沒水準店員，你就給我這處方箋上的藥物。」

阿琳臉上一熱，這男子一句話瞬間得罪了整間店的人，在旁的莎拉和阿凱氣得七竅生煙，坐得老遠的蘇店長還是無動於衷，阿琳大為不悅，但還是耐著性子接下顧客的處方箋，映入眼簾的醫生字體只能用藝術來形容，病人名字一欄寫著AMMAR BIN KHAIRI，而藥物記載如下：

MTk 1 TAB OD

FOLIC ACID 1 TAB OD

EPILIM 200MG BD

處方箋記載著藥物英文名稱和使用方式，而OD和BD是醫學處方中常用的拉丁文縮寫，分別代表每日一次和每日兩次。1 TAB代表一粒藥丸（TABLET），但普遍上不鼓勵這麼寫，若該藥物擁有不同的包裝就會造成藥劑師的混淆。

第一個藥物，阿琳揣摩了好一陣子都無法順利解答，忍不住嘀咕醫生的字體過於潦草。她反覆推敲，仔細一看發現字跡有些細微的不一樣，聯想多半是醫生隨後加上也不過問。第二個藥物和第三個藥物看得很清楚基本上沒構成什麼問題，只是醫生習慣性寫下藥物品牌而不是學名，Epilim是丙基戊酸鈉[7]的品牌名稱，是一種抗癲癇藥。阿琳留意到這是來自繁忙醫院的處方箋，內心浮現疑惑。

「先生，這是政府醫院的處方箋，你怎麼不去醫院領取藥物呢？」阿琳好奇問道。

「我上門光顧你不說謝謝沒關係，怎麼還要問這些有的沒的？哼，和繁忙醫院一樣不專業。」男子口出狂言，讓阿琳臉上一熱。

[7] 丙基戊酸鈉（Sodium valproate），主要作用為增加腦部GABA的腦神經傳導性質的功能，間接地使腦部的神經達到穩定的效果，可用於癲癇和抑鬱狂躁型憂鬱症。

「好，我幫你看看，醫生的字體有些潦草，也沒寫上診斷，第一個藥物我看得不是很清楚，你記得是什麼藥物嗎？」阿琳心驚膽跳道。

「這樣的程度也看不懂，一點也不專業，第一個藥物是促進身體健康，第二是補品，第三個是放鬆用途，這樣還不夠清楚嗎？每樣給我一份。」

阿琳仔細揣摩他話中的資訊，第一個藥物看起來是MTK，但印象中沒這個藥物，促進身體健康，符合的藥物只有MTX，也就是甲氨蝶呤[8]，有著免疫抑制作用，符合促進身體健康的方向，劑量方面也沒問題。此外，服用甲氨蝶呤會造成體內葉酸偏低，的確需要補充葉酸[9]。

應該是這樣沒錯，趕快處理這位刁蠻顧客就耳根清靜——阿琳心道。

「好，這是你的藥物，總共五十元。」

「這看起來和醫院的有些不一樣？」男子皺眉道，拿起其中一項藥品。

「西藥房的藥物牌子和醫院難免有些出入，我是根據你的處方箋為你準備，這一點你可以放心。」阿琳耐著脾性道。

「啊，我偏頭痛又發作了，我就不和你囉嗦，錢拿去。」男子拿藥後就離開店面了，只留下楞在原地的西藥房員工。

「這人還真討厭，下次不要給我看他在這裡出現！」莎拉忿忿不平道。

8 甲氨蝶呤（Methotrexate），為葉酸拮抗劑，具有細胞毒性及免疫調節的作用。

9 葉酸（Folic acid），為胎兒細胞分裂和生長中所需極重要的營養成分，對於血液生產過程也非常重要，也有研究指出葉酸的缺乏會顯示精神病症候群。

「今天還真是倒霉。」阿琳嘆道。

他們三人喋喋不休說著顧客的壞話，度過了乏味空白的下午。阿琳那時還沒發現，這不過是事情開端而已，之後的事情後續足以將她一直以來堅信的信念給摧毀，可能再也無法成為一名藥劑師了。

如何才說的上是一名專業人士？阿琳不斷呢喃這個問題，卻不知道自己將為這個問題糾纏一輩子。

兩星期後，一群穿著筆挺西裝的官員出現在便宜西藥房，細問下才知道是衛生部執法官員，一開始猜測多半是衛生部的突擊檢查，檢查西藥房的藥物買賣記錄和有否售賣違法藥物。他們告知來意後，讓她們驚訝得瞠目結舌。

「大家下午好，不好意思打擾貴店的營業，我們是衛生部派來的調查官員，我是負責這次調查行動的負責人——毛任鑫。我開門見山好了，有病人疑似吃了這裡買的藥物就無故死去，病人家屬決定追究到底，就向衛生部投訴，因此我們成立調查小組展開相關調查。這就是我們拜訪的理由，給你們添麻煩了。」戴著眼鏡，一臉嚴肅的衛生部官員禮貌道。

他的聲明讓大家震驚了，阿琳隱約有種不好的預感。

「毛任鑫先生，本店一向聲譽良好，這背後是不是有著什麼誤會？」阿凱罕有地沈著應對。

「謝謝你的提問，但目前還是初步調查的階段，有很多不確定因素，恕我無法進一步澄清，請問這間店的負責人是誰？」

「是我，毛任鑫先生，我們又見面了。」蘇店長走前應對。

「是你啊，蘇先生……沒想到事隔一段時間，還能碰見你，見面契機恰好是一樣的事情，我都不懂該說這是傳說中的緣分嗎？」毛任鑫官員認出蘇店長，無奈地嘆了一口氣。

「看你前來就知道沒什麼好事情，有什麼不妨直說。」

「我也希望不過是誤會一場，那我們直接進入正題好了。一名四十歲名叫阿瑪的穆斯林男子，五天前在家中去世。法醫展開調查後，發現遺體並沒明顯傷痕，得出藥物致死的驗證結果，詳細死因還需等待進一步的解剖才能知曉。警方開始調查阿瑪的隨身藥物，發現死者生前服用的藥包，其中一包是來自便宜西藥房，而根據附在一起的處方箋，發現藥方與藥包不符，懷疑西藥房給錯藥物，導致病人服下不正確的藥物繼而產生致命副作用。我手上的是處方箋、藥包和死者的照片，請你們幫忙過目一下。」官員甲把照片遞給蘇店長。

蘇店長對比藥包和處方箋上的藥物，沈默了好一會兒，平靜道：「的確是給錯藥物。」

他語氣之平靜不夾帶任何情感，卻宛如沈靜的大海暗藏洶湧。

「有人記得相片上的男子嗎？」蘇店長把照片展示給後面的三人。

相片上的男子，是一名皮膚黝黑體型癡肥頭髮稀疏的男子，看似接近四十歲，三人看了好一會兒，覺得這人有些眼熟，再拿起處方箋一看，不約而同地叫出聲來。

「天啊，是他，怎麼可能是他！」莎拉緊張道。

「我記得了，就是他！」阿琳不可置信道。

「這不就是那沒禮貌的腦殘顧客嗎？開口就說人不專業，最後把我們給支開，這傢伙只願意聽專業藥劑師，也就是阿琳的話，我完全沒插手這件事情，所有事情與我無關。」阿凱眼看不對勁，果斷把責任推卸去阿琳身上。

大夥的目光都落在阿琳身上，阿琳反應不來，錯愕地說不出一句話。

「凱瑟琳小姐，你先深呼吸，慢慢回答沒關係。」毛任鑫官員殷切道。

「是……我接待這顧客沒錯，但我不知道到底出現了什麼問題，我已盡可能確保他的藥物是正確的，應該沒什麼出錯……」阿琳緊張回應。

「謝謝你的解釋，但看來你仍不知道自己錯在哪裡，那麼你就說說拿著這張處方箋給了什麼藥品給該男子。」毛任鑫官員嘗試引導阿琳作答。

「好……這張處方箋老實說我看得有些猶豫，因醫生的字體有些潦草，第二和第三個藥物，我看出是葉酸和丙基戊酸鈉。第一個我不大肯定，看起來是MTK的英文字母，但根本沒類似的藥物，若聯想去廣為人知的藥物省略詞，浮現在我腦裡的是MTX，也就是甲氨蝶呤。就算推論到這個地步，其實我還是不肯定，畢竟醫生恰好忘記寫下病人的診斷疾病，我是基於病人也服用葉酸來判定是甲氨蝶呤，因葉酸用以補充甲氨蝶呤造成的葉酸缺乏問題。」阿琳如實解釋。

「凱瑟琳小姐，你的推理很精彩，但根本毫無關聯，派藥不能靠猜測，你難道不知道自己的工作攸關人命嗎？你記得五個使用藥物的正確方法嗎？正確的病人，正確的藥物，正確的劑量，正確的服用方式，和正確的服用時間，缺一不可，就算其中一個環節出現疏漏，都會造成無法彌補的錯誤。你根本不知道自己犯下的錯誤多麼嚴重。」毛任鑫官員心平氣和道。

「先生，不好意思打岔……我到底給錯什麼藥物，第一個藥物不是甲氨蝶呤嗎？」阿琳戰戰兢兢問道。

「當然不是，看起來很像是MTK的藥物，並不是MTX，而是MTF。」

「MTF……恕我孤陋寡聞，我印象中沒聽過這藥物省略語，不懂指向什麼藥物呢？」

「凱瑟琳小姐，這不是藥理書上的規範藥物省略語，而是醫院職員貪圖方便自創的藥物省略語，MTF就是大家熟悉的每福敏[10]，你別告訴我你沒聽過這個藥物。」毛任鑫官員沒好氣道。

「我當然知道這個藥物，這是最常見的口服降血糖藥，只是我沒想到病人有糖尿病，就沒聯想到這藥物去……」

「病人並沒有糖尿病，服用該藥物的原因很有可能是因為減肥用途，一些癡肥病人服用這藥物控制體重。此外，剛才你提到葉酸是用來補充甲氨蝶呤引起的葉酸不足問題，實則丙基戊酸鈉才是導致葉酸不足的始作俑者，醫學研究顯示丙基戊酸鈉能造成身體的葉酸量減少，需定時服用葉酸補充。不過這些都不重要，重點是病人服下你錯誤分派的藥物。他相信藥劑師的專業和判斷力，毫不懷疑地遵從服藥指示，每天定時服下不該服下而且藥效強烈的甲氨蝶呤，根本不知道會對病人造成什麼影響。」

「好，我知道自己犯錯，但……甲氨蝶呤每天服用一顆應該不會對病人造成太大的影響吧？印象中類風濕關節炎也是服用這個藥物。」阿琳小聲問道。

「凱瑟琳小姐，我想你不大瞭解甲氨蝶呤的劑量分配，若用於治療癌症，每天

[10] 每福敏（Metformin）為一種「治療糖尿病」的藥物，藥理作用是能夠降低肝臟糖分的生產、降低小腸對糖分的吸收，以及增加胰島素對糖分的充分利用。

服用是正常不過，但用於類風濕關節炎或紅斑狼瘡，建議劑量是每週一次而已。就如大家知道的一樣，越有效的藥物帶來更為嚴重的副作用，甲氨蝶呤不但會造成腸胃問題，甚至會造成腎臟傷害，就連血液製造也受影響，無法擔保對病人的健康完全沒影響。」

「毛任鑫先生……你的意思是，那位阿瑪先生因為服下甲氨蝶呤而致命嗎？」阿琳不敢置信道。

「藥物致命的案件，需要進行多方面的調查，包括驗屍程序與資料整合，目前階段仍處於鑒定的階段。不過我可以這麼說，藥物引起的副作用，多不勝數，每個病人的體質不一，若恰好服下不對的藥物，引起藥物超敏反應綜合症[11]也不是罕見的病例，順道一提，藥物超敏綜合症的症狀與死者情況吻合，但還需下一步的鑒定。」毛任鑫官員搖頭道。

阿琳聞言後哀痛不已，眼角淚水不由自主地落下，不敢相信無心之失竟然造成他人死亡。她想起自己招待阿瑪先生時，確實萌發不耐煩打發他走人的念頭，不斷自責太過輕率，應該更耐心分析他的藥物，並在阿瑪先生提問後及時發現不是他常吃的藥物。為何這麼多線索在眼前，卻無法看清看透，阿琳悲痛地閉上眼睛。

「毛任鑫先生，事情一日還沒調查清楚，就不要輕易下定論，不論對於受害者

[11] 藥物超敏反應綜合症（Drug hypersensitivity syndrome，DHS）是一種具有發熱、淋巴結腫大、皮疹、嗜酸粒細胞增多及內臟受累的嚴重性藥物不良反應。

還是嫌犯，都不是一件公平的事情。」沈默已久的蘇店長終於開口。

「蘇先生所言甚是，我多言了，有什麼進展我再來通知你們，我們這就告辭。」

以毛任鑫官員為首的衛生部團隊，有秩序地從便宜西藥房離去，現場只留下西藥房一夥，而阿琳在旁擦淚抽泣，為自己犯下的錯誤感到痛心疾首，恨自己沒能力改變過去。

莎拉和阿凱面面相覷，不懂該說什麼安慰的話語，只因這是無法挽回的局面，若貿然安撫他人不要想這麼多，反而顯得虛偽，最後很有默契地什麼話也不說，自個兒到藥物倉庫點算藥品。

蘇店長看著歇斯底里的阿琳，冷道：「阿琳，你確定今天就這樣偷懶到放工？」

「我不知道自己現在能夠怎麼辦，我不敢回家告訴媽媽，怕她老人家擔憂我未來的出路，我更不敢想像自己的未來前途，不當藥劑師我真的不懂自己還能做什麼，我的人生好像來到了一個死胡同……」阿琳沮喪道。

「一日還沒死什麼都還來得及，那病人才是真正地來到死胡同，就這樣無端端死掉，沒機會埋怨就走了，你覺得自己還慘過死者嗎？不要忘記死者也有自己的家室，如今那家人失去一家之主，間接失去經濟來源，再來是家庭和睦和孩子的身心發展，並不是說死去就能終結一切麻煩，反而是麻煩的開始。」

「店長教訓的是……我會振作的，那我先去忙我的。」阿琳擦擦眼角，到倉庫幫忙阿凱她們點算藥物。

蘇店長看著阿琳落魄的背影，嘆了一口氣。

官員到門後的幾天，阿琳工作時總是神不守舍，和顧客溝通不良氣走好幾位顧客，越小心提醒自己不要犯錯，反而犯下更多荒謬錯誤，讓阿琳的不安情緒可是到達頂端，只要在背後輕輕一推，就會墜入無止境的自責深淵，繼而崩潰得無法繼續工作。

「阿琳，不是我要針對你，你這幾天工作簡直不像在工作，從早到晚都在幫倒忙，只差沒把店給拆了。我知道你擔心給錯藥物的案件，但這不是能夠擔心的東西，與其擔憂未來的不確定，不如擔憂現在的飯碗？」阿凱忍不住提點阿琳。

「不好意思給大家添麻煩了，看來我還是無法成為一名合格的藥劑師，這是我這幾天不斷思考的問題，看來我是時候向店長提出辭呈了。」

「辭呈？開什麼玩笑！阿琳不要說這種不好笑的爛笑話！」在旁的莎拉傻眼道。

「我不是在開玩笑，我這幾天稍微搜尋這幾年的醫藥失誤案件，大部分病人索償都會成功，也意味著我可能連累店長要賠償一筆不菲的費用給受害者。若店長不願意支付，這筆債務自然落在我的身上，我也當不成藥劑師，倒不如早早離開這行業，用我餘生的勞力來為病人家屬作出賠償。」阿琳黯然道。

「店長，阿琳在說一些有的沒的，你確定什麼都不理？」阿凱提高聲量道。

蘇店長看大家僵持不下，只好來到櫃台和她們斡旋。

「想離開就離開，我沒說不能離開這裡。」蘇店長的回答讓大夥無語。

「店長，你難道不說些什麼挽留的話嗎？」莎拉抓狂道。

「每個人都有自己選擇的權利，其他我就不多說了。」

最後，在阿凱的建議下，阿琳暫時休假一個月，待心情平復後才回到工作崗位。阿琳回到家後，如實向媽媽告知休假的決定，出乎意料地媽媽都建議她暫時在家休息，或許媽媽也擔心女兒因為這件事情而一蹶不振，所以不再問起她工作的事情。阿琳不敢直視媽媽的眼神，知道媽媽為了這件事擔心地哭了幾次，明明是那麼開朗的人卻因為自己的不爭氣讓她老人家擔憂，她更多次聽到媽媽撥電給親朋戚友詢問解決方案，甚至還撥電到政府部門求情，她多次想阻止媽媽，但瞭解媽媽的出發點是為了保護自己，就不忍多加批評。再怎麼說媽媽都是關心自己才作賤自己，都是自己不懂事鑄下大錯，阿琳真的很討厭這樣的自己，若能夠穿梭時空回到那一天，及時阻止他人服下錯誤的藥物，或許那人也不會因此喪命。

阿琳卸下西藥房的工作後，每天活在自責深淵，每晚都無法入睡，好幾次在噩夢中驚醒，才醒覺黃粱一夢，而眼淚弄濕了枕頭。阿琳夢見死去的阿瑪，化作七孔流血的喪屍找她索命，阿琳跑在空無一人的街道上，但還是擺脫不了喪屍的追趕，最後只能跳入懸崖，尖叫一聲後，她驚恐萬狀地醒過來。

我這輩子完蛋了嗎？我難道從此背著包袱度過餘生？我不能做出什麼補償嗎？阿琳無時無刻都在質問著自己。

在家休息的一個禮拜裡，阿琳查詢了一些關於病人死前情況和藥物副作用，最後得知一些意想不到的資訊。她決定不再沮喪，就算真的犯下彌天大禍，這次也不會輕易倒下，只要堅強面對，就算受傷失落，一定會看見什麼不一樣。

阿琳現在要做的事情是，釐清一切疑點，重新整理案情還原真相，就算真是自己犯下的錯誤，至少抬頭挺胸勇敢去面對。

反正現在的自己，已沒有什麼可以捨棄了。

在這樣嚴峻的情況下，只有一人能幫到自己，雖不想麻煩其他人，但阿琳已束手無策，只能冒昧打擾。

阿琳毅然撥電給某人，未幾電話那頭傳來回應。

「你好，我是凱瑟琳，雖然有些唐突，但我需要你的一些幫忙，不懂你方便出來碰面嗎？」

飄香茶坊角落裡坐著一名白衣少女，她滿懷心事地拿著茶杯，更多時候是聞茶思索，對她而言茶香有著難以言喻的鎮定力量，原本不安激動的心也會慢慢平復下來。窗外開始下起雨，街道上的人們紛紛加快步伐找屋簷避雨去，並沒有人能發自內心擁抱雨天，說什麼喜歡雨天不過是避雨心態。雨勢漸漸變大，雨水打在她眼前的玻璃，形成水珠在玻璃上移動著，這移動速度像眼淚流下的瞬間，她在玻璃窗前吐氣，用手指在起霧的玻璃畫下笑臉。

「不好意思讓你久等了，來的路上剛好遇雨，這就耽誤了一些時間。」來者是一名身形微胖的年輕女子，滿身濕淋淋的她看似狼狽，找個位子坐下來了。

「不必這麼見外，本來都是我找你出來，該我說不好意思才對。」白衣女子微笑表示。

「你找我出來，不是純粹的聚舊吧，那天接到你電話後，讓我擔憂了一段時間，有什麼是我可以幫得上忙的，阿琳？」

白衣女子正是阿琳，與她碰面的女子是繁忙醫院的實習藥劑師——陳茹媚，也是早前和阿琳申訴工作不順利的朋友，她做夢也沒想到眼前朋友遭遇和她一樣的事情。

「不瞞你說，我早前給錯藥物，而且還鬧得轟轟烈烈。」阿琳喝了一口茶，故作鎮定地陳述整件事情的來龍去脈。

陳茹媚目瞪口呆，支支吾吾說不出一句完整的句子，待情緒平復後，才開口道：「阿琳，我很難過聽到你的遭遇，或許這麼說不恰當，但我明白你的感受，因我自己也是過來人，我甚至有股衝動想要去死掉算了，可恨的是我根本沒去死的勇氣。」

「陳茹媚說中我的心聲，現在的我沒在西藥房工作，前途茫茫，我不知道該如何繼續人生，倒不如隨便找人嫁掉，當少奶奶貌似不壞，至少不再擔心傷害到別人。」

「阿琳別這麼想，只要上頭沒將你革職，你千萬不要自行辭職，我這麼說或許過於武斷，若你辭掉工作，家人都會替你擔心，做不做這份工作不該由你判斷，盡可能吸納別人意見才作判斷。若因一些錯誤就辭職，那麼這行業豈不沒人敢踏足？錯誤犯下固然無法挽回，至少要吸取教訓，提醒自己日後不再犯錯。」

「茹媚，你變得堅強了，我希望自己能像你一樣。」阿琳動容道。

「我一點也不堅強，我實實在在沮喪了一段時間，也請假在家休養平復心情，當我看見爸爸媽媽天未亮就駕著電單車去菜園幹活，提起自己要不幫忙種菜養家，卻被他們果斷拒絕。爸媽說我的手是拿來提筆而不是鋤頭，不讚同我做這些低賤的工作，好不容易得到不錯的工作，為何不好好做下去，不論孩子做了什麼，父母都無條件接納，只要孩子能過上好日子就心滿意足。看著他們慈祥的眼神，我知道不能繼續消沈下去，坦率接受自己的錯誤，別人投以怪異目光也不理會，重要的是自己如何看待，不要忘記還有默默支持自己的人。想到這個關鍵，我就慢慢釋懷了，從此不再為過錯糾結，提醒自己要從錯誤中學習。」

「能找你出來說幾句話，真是太好了。其實……我今天找你出來不只為了抒發情緒，還需要你的幫忙。」阿琳嘆氣道。

「阿琳在電話是說過需要我的幫忙，不懂是何事呢？」

「剛剛和你提起醫藥失誤案件，我這幾天發現一些不尋常的地方，而那關鍵就在茹媚身上。」

「怎麼會扯去我的身上？」

「我經手的藥物失誤案件，受害者名字是阿瑪，不懂你對這名字有什麼頭緒嗎？」

「我不認識這個人。」

「這張照片或許能幫你記起他是誰。」阿琳遞照片給陳茹媚過目。

陳茹媚揣摩照片好一會兒，緩緩道：「我覺得這人有些眼熟，但是不肯定在哪裡碰過他，會不會是在醫院裡……天啊，我記起來了，他就是我給錯藥物對象的家屬，我好幾次煩惱該如何面對他們，始終還是開不了口，只能從遠處觀察他們一家的動靜，沒想到從今以後沒這機會了。不過……沒想到他們家裡發生這麼多不如意的事情，真是見鬼了，不會是祖墳那邊發生什麼問題吧？」

「你也覺得不對勁吧！我覺得這案件存在著不少疑點，這幾天上網不斷搜尋藥理效應和病人背景，結果意外地發現阿瑪曾接受記者訪問，申訴政府醫院的醫藥服務不夠專業，造成他父親送入深切治療科就醫。我仔細閱讀，才發現他父親的案件就是你提過的，因此我只能麻煩你仔細為我解釋這宗案件。」

「那你想知道什麼呢？」

「凱里老先生和家人的關係，就你觀察有什麼不對勁的地方？」

「讓我仔細想想……我話說在前頭，我和他們見過幾次而已，而且還是遙遠地看著他們，根本說不上什麼觀察。這麼說有些失禮，我覺得他們不怎麼關心凱里老先生，因他獨自搭公交車來醫院拿藥，對老人家來說非常麻煩。他們把病人轉去私人醫院後，我曾鼓起勇氣去他們家道歉，沒想到房子裡面傳來激烈爭吵聲，我嚇得躲在花園不敢出聲，依稀聽到他們商量如何向醫院索取不菲賠償費，我聽到這句話後嚇得不敢出來，狼狽地離開了。」

「聽你這麼說他們一家人關係不怎麼和睦，而且有意索取巨額賠償金，不懂和這次的案件有沒有關係。」阿琳語出驚人。

「阿琳，你的意思是……這件案件是他殺案件？」

「我不是這個意思，只是隱約覺得有什麼不對勁。首先他們倆父子短時間內遇害，最大的得益人是誰？阿瑪雖然是藥物致死，但還無法知道什麼藥物致命，不排除還有其他可能……我這麼說，不是為了讓自己的良心好過一些，是想知道真相而已，反正我以後都當不成藥劑師，就讓我貫徹最後一次的藥師精神。」

「什麼？阿琳你不當藥劑師了？」某女子從後喊道。

阿琳不用轉身就懂是誰了。

「伍鳳小姐，你還真是適合當狗仔隊，故意選一個沒到過的店還是被你逮到了。」阿琳沒好氣道。

來者正是好久不見的《八卦雜誌》美女記者——伍鳳。她身穿白色長袖上衣，配上黑色緊身長褲，將好身材展露得淋漓盡致，更犯規的是被雨水沾濕的上衣，裡頭的紫色內衣更是若隱若現，伍鳳也不刻意遮掩，整間店顧客的目光毫無意外地落在她身上。一些男顧客看得入迷被同行女伴掌摑，伍鳳去到哪裡都能成為眾人焦點，這點阿琳可是見怪不怪。

「你這麼說太見外了，好歹我們也算合作過幾次，心裡頻率不多不少都有所同步，你別這麼見外，叫我Phoenix好了。」

「那Phoenix小姐因何出現在這裡，不會是故意埋伏在這兒找我幫忙吧？」阿琳皺眉問道。

「你太看得起你自己了，再說你難道看不出我是避雨才來到這間店嗎？要我堂堂名門記者埋伏找你，可是有失身份。」

「阿琳，你怎麼認識記者小姐……」陳茹媚小聲問道。

「也不是什麼值得光榮的事情，托她的福我可惹上不少麻煩了。」

「凱瑟琳，你今天說話太不客氣了，不要以為心情不好就可以亂發脾氣。」

「和你說話不需要太客氣，這是店長交代的，不過……我發生什麼事情，你應該心裡有數吧。」

現場沈默了好一會兒，只聽到窗外雨水打在屋簷的聲音，就像心碎鋼琴聲般的傷感。

「沒想到你慢慢地也培養一定的推理能力，你怎麼知道我對你的事情有所瞭解？」伍鳳沈著道。

「該怎麼說呢，我如此無禮對待，換作是以前的你早就罵出口，因你就是不能受氣的名門記者，更何況你知道我心情不好。你今天出現在這也不是湊巧的事情，你一整天都在跟蹤我，看我和誰接觸交流，沒想到跟蹤期間遇雨，附近沒可以擋雨的五腳基，逼於無奈下只能假裝在這偶遇我，試圖從我口中套出更多消息也說不定，我又不是沒見識過你為挖掘獨家頭條不擇手段的樣子。」

「你的推測差不多全對，只是有一點你說錯了，我不會將這案件登在雜誌上。」

「這還真是出乎我意料之外。莫非是店長拜託你的緣故，也對，如實報導只讓西藥房招牌受損，我這不入流的藥劑師這次還真是害了不少人。」

「就算店長沒拜託我，我也不會進行這樣的報導。若是蓄意殺人案件，我一定會報導，警惕大眾照顧自身的安全。但是，無心之失的案件，如實報導會對當事者造成二度傷害，若事件在網絡大肆蔓延，形成網絡霸凌，只會製造社會混亂。更何況，我已經當你是朋友了。」

阿琳驚訝伍鳳有著如此高尚的道德情操，一直以為她不放過任何報導題材，只要能賣出好銷量就不擇手段，聽到伍鳳把她當作朋友，那瞬間眼眶一熱。

「當我是朋友的話，能麻煩你脫外套給我遮掩一下嗎？天氣太冷了，我實在受不了！」

就知道你不安好心——阿琳翻白眼心想，但還是老實地脫了白色外套給伍鳳，只剩下單薄的短袖粉色小熊圖案上衣。

「謝謝你的外套，不過你的上衣太醜了，穿這樣出街你不會覺得丟臉嗎？」

「這還不是借你外套的緣故，我就是穿外套遮掩不好看的上衣，借你外套還要給你奚落一番！」

在旁的陳茹媚忍俊不禁，笑出聲音。

「茹媚，你笑什麼呢？」

「抱歉，不過你們兩人的對話方式實在太好笑了，你們兩人的感情真好。」陳茹媚微笑道。

「誰要和她感情好。」阿琳和伍鳳異口同聲道。

陳茹媚又陷入狂笑漩渦之中。

「Phoenix小姐，你也該說說自己為何跟蹤我，你總不能這樣裝傻含混帶過，給我說個明白。」

「聽說你最近有些不愉快，我在大街上看到你的背影，本想向前和你寒暄幾句，但突然想到要不悄悄跟蹤你，若心情不好就不打擾你了，沒想到最後還是給你發現了。」伍鳳嫣然一笑。

「我該說你太專業還是太無聊，你乾脆轉行當私家偵探好了。」阿琳沒好氣道。

「以我的天分和美貌，當個偵探還不容易，只是聽說隔壁城的偵探事務所，半年都接不到半個案件，必須到便利商店兼職養活自己，聽到如此不景氣的世道，誰還敢貿然開偵探社。」

阿琳沈默片刻，低聲問道：「那你對於這案件瞭解到怎樣的地步？」

「這麼說可能沒人相信，但蘇隆毅這次難得委託我幫他收集情報，所以我從不同管道打探一些內幕消息和關係人名單，總算是有一些頭緒。至於他為何有此一舉，不難想像是為了保護他親愛的小店員吧？真不懂他看上你哪一點。」伍鳳搖頭道。

「蘇店長委託Phoenix小姐收集情報？我很難相信，印象中他總是愛理不理……」

「蘇隆毅腦袋在想什麼，應該沒有人能夠捉摸，你就坦率地接受蘇隆毅的愛意吧。」伍鳳起鬨道。

「你再說我要吐了，蘇店長怎麼可能會喜歡我這樣的小女孩，要喜歡也是……總之你趕快給我說你調查了什麼。」阿琳本想回復店長應該是喜歡伍鳳這樣的美女類型，但還是作罷。

「好，那我就說說案情進展。阿瑪是一名按摩椅經紀，工作算是幹得還不錯。不懂為何，協助調查的家人同事朋友，都不願多談和死者的交情或進一步的話題，似乎有著一些內幕，發表案件相關資料就不多說了。警方猜測死者得罪人多稱呼人少，是大眾不喜歡的對象，就連家人也不例外。」

「雖然這麼說對死者有些不敬，但阿瑪開口就是狠批不夠專業，讓我幾乎要捉狂了，不難想像他為何會被人討厭。」阿琳抓頭道。

「死因方面，根據警方記錄，案發當晚阿瑪在睡夢中不斷呻吟身體發熱，太太檢查後發現體溫過高，阿瑪陷入陣攣性狀態，眼珠陣攣，肌肉僵直抽筋，還來不及送往醫院就心臟驟停死去。這現象太不尋常，又檢驗不出被下毒的痕跡，所以調查遲遲沒進展。」

「聽起來好像是典型的都市人過勞死。」陳茹媚嘖嘖稱奇。

「我一開始也是這麼想，法醫那邊沒進一步的化驗結果，只能初步判斷死因與藥物失誤有所關聯，檢驗身體殘留藥物比想像中棘手多了，不但牽涉高科技器材，而且內部專業人士一直都不多，每天又發生不少案件，若不是重大案件，恐怕化驗進度不怎麼樂觀。」伍鳳皺眉道。

「這麼說，不就是默認我就是害死阿瑪的兇手嗎……就算是我，也該給我看看化驗報告，讓我心服口服……」阿琳沮喪道。

「阿琳也不必太過沮喪，我就是為此出現在你面前，話說你們剛剛說著很有趣的東西，好像懷疑與另一宗案件有所關聯。」
阿琳望了陳茹媚一樣，兩人同時點頭，和伍鳳講述陳茹媚的遭遇。
「綜合上述論點，我相信這背後一定有著什麼祕密，我不相信這不過是巧合，搞不好有人在後面耍手段，密謀殺害阿瑪父子已久，我和茹媚可能不過是替死鬼，但我是不敢斷言啦……」
「有意思！讓我動念把這勁爆內容寫進雜誌裡，你們別這樣瞪著我，我開玩笑而已……既然有了方向，我們向案件關係者收集更多情報吧！」
「這次仍以採訪的名義進行嗎？」阿琳突道。
「這還要問，難不成你有別的點子？」
「要不這次我們來點不一樣……」阿琳悄聲告伍鳳她的想法，伍鳳聽後讚不絕口，就依著阿琳的意思去辦。
「茹媚，你要不要一起加入我們的祕密行動？」阿琳轉頭問道。
「謝謝阿琳的好意，但我必須上班，沒這個時間配合，而且我並不擅長偵查案件，還是交給你們好了。」陳茹媚婉拒。
離開飄香茶坊後，阿琳發現雨停了，空氣瀰漫著酸味，她深呼吸，冰冷空氣從鼻孔吸入肺裡，讓她為之一振。她踩著積水，慢步走向回家的路上，不斷在想，自己未來該如何走下去，或許是下過雨的緣故，阿琳心頭上的烏雲彷彿被吹走了，好像知道要怎麼走下去了。

兩個神祕長髮女子帶著墨鏡，身穿黑色夾克，黑色長褲，背著黑色背包出現在雙層排屋住宅區D的登記處，引起了路人的注目。保安人員看這兩個女子大熱天穿著一襲黑衣，看起來就像電影情節裡身懷重任的特務嬌娃，不大放心讓這兩個危險人物進入住宅區，但在女子的撒嬌攻勢下還是乖乖就範，電影說撒嬌女人最好命，原來在日常生活是真的派得上用場。

「我還以為過不了保安人員那關，沒想到最後還是敗在你的手上，我還真好奇天底下有哪一個男子避得過你的誘惑，Phoenix小姐。」阿琳摘下墨鏡道。

「阿琳太高估我了，我的美貌也不是百試百靈，在你店長面前不就失靈了，有時我還真懷疑他比較受男生這一套。」伍鳳揮灑頭髮道，滴下極為誘惑的汗珠在地上。

「你還真會說笑話，說起來我還真不懂店長的私生活如何，你說的是真相也說不定……就不提這壺了，說起來我們今天的變裝還真是完美，早就想試試擔任特務的快感。」阿琳沾沾自喜道。

「當阿琳提議說要假扮衛生部執法官員找案件關係者問話，我還真懷疑自己是不是聽錯，看似乖巧的阿琳竟然會這麼大膽，我個人是覺得好玩，就算被捉到就笑笑了事，倒是你被捉到恐怕會惹上一些麻煩，至少會被衛生部捉進去訓話吧。」

「都說我放棄成為一名藥劑師，所以我沒什麼好顧慮了。」

「我希望你不過是說來鬧著玩，若真的去意已決不妨考慮到我這邊工作，工資當然不如藥劑師，工夫比較多就是了。」

「謝謝你的好意，我們還是先展開調查吧。」

阿琳和伍鳳整理案件後，發現死者身邊關係者都有著一定的嫌疑，伍鳳本打算如往常般使用記者身分採訪，但阿琳說這次不適合用記者身分採訪，只因對象受過高等教育，對於應酬照理來說是拒於千里之外，態度惡劣不在話說。若效仿衛生部執法官員問話，他們縱使千萬個不願意配合，也只能硬著頭皮回答。她們一開始擔心衛生部已提前找他們問話，於是事先撥電給案件關係者，確定衛生部還沒接觸他們，這不難想像是由警方全權接手，如此一來阿琳和伍鳳的行動總算是可以順利進行。

阿琳和伍鳳此行目的是哈娃（四十歲），為死者阿瑪的太太。

「根據我手頭上的情報，阿瑪和太太孩子一家三口居住在住宅區D，而阿瑪老家則坐落在距離三十分鐘路程的榴蓮山莊，甚少回去老家探望老父。阿瑪這幾年脾氣反覆無常，經常無故痛罵太太，讓太太承受了莫大的壓力，更甚的是他最近懷疑孩子不是他的親生骨肉，對家人的冷嘲熱諷全面升級，鄰居申述經常聽到他們家裡傳來爭吵聲，好幾次都驚動警方上門斡旋。」

伍鳳的情報網還是一如既往的強大。

「有錢人是不是總愛瞎想別人要騙掉他的財富，真是吃飽飯沒事做。」阿琳搖頭道。

兩人事先撥電給哈娃約好時間，避免到門撲空的情況，當她們兩人與哈娃會面後，覺得她嬌滴滴地就像洋娃娃一樣，忍不住呢喃多麼可愛的美人兒，這樣無邪的美女怎麼可能會紅杏出牆。

「你好，我是衛生部執法官員——伍小姐，這位是我的同事——凱瑟琳小姐，就如我們在電話提起的一樣，我們要問你關於死者的一些問題，也會進行樣本採集，希望不會給你帶來麻煩。」伍鳳發揮自己睜眼說瞎話的功力，流利地道出自己的來意，再度讓阿琳大開眼界。

「不會，不會，只是你們看起來好年輕。」

「沒辦法，這份工作沒幾個人願意做，不懂這麼問會不會有些麻煩，敢問哈娃姐今年貴庚，感覺你和我們差不多。」伍鳳冒昧問道。

「我已經四十歲了。」

什麼？四十歲？看起來就像三十歲的少婦而已。這才是看起來很年輕啊！有如此嬌妻怎麼還會諸多不滿！就算孩子不是親生，但也該體諒她的美貌啊——阿琳在心中碎碎念。

「那……我們盡快進入正題，請問阿瑪是不是一直有著什麼健康問題？」伍鳳震驚下不懂如何回復，含糊以對。

「我先生的身體毛病可多了，他暴飲暴食毫無節制，甜品更是他的心頭好，都是他工作室的常客，體重也隨著年齡漸增而一發不可收拾。身為營養師的我，自然知道什麼食物不適合他，我多次勸勉他要節制飲食，減少攝取零食，但他都呵斥我不要管他，我也不再過問他的飲食問題，乖乖聽他吩咐就是，每隔幾天我都會去超級市場採購，務求讓冰箱無時無刻不缺糧食。」

阿琳好奇打開冰箱，發現裡面密密麻麻放著不少食物飲品，如巧克力、水果布丁、起司蛋糕、低糖可樂、巧克力牛奶、酸乳飲品、柳橙汁等等，讓人目不暇接。阿琳發現好幾樣食品都過期了，細問下才知道她這幾個星期都帶孩子回老家居住，無暇打理冰箱。

「唉……我先生的脾氣一向不佳，近年來經濟不景氣，脾性更為怪僻了，在顧客面前是好好先生，那邊廂卻對身旁人諸多埋怨，造成身邊人倍感壓力。早前公司體檢結果，驗出他有輕微憂鬱症，猜測是工作壓力過大導致，他開始使用一些藥物，但都沒太大成效。之後他不時投訴頭痛，看醫生後才知道是偏頭痛，身體也越來越多毛病。他最近經常投訴有抽筋現象，不時無故發汗和焦慮不安，對生活造成極大的困擾。」哈娃解釋道。

「謝謝哈娃太太的詳細作答，聽起來阿瑪生前毛病很多，我可以知道你先生平時服用什麼藥物嗎？」伍鳳繼續發問。

「平時是我先生自己管理藥物，我也不怎麼清楚，要不我帶你們去看他的藥物盒子。」

「求之不得。」

哈娃帶兩人來到廚房，並取出一個藥物盒子給她們過目。說是藥物盒子，其實不過是霜淇淋盒子，裡面裝著不同包裝的藥包，除了繁忙醫院外，還有其他藥行的藥包，其中包括阿琳熟悉不過的便宜西藥房藥包。阿琳和伍鳳打了眼色，兩人很有默契地戴上手套，並向哈娃解釋，調查難免要小心一些，不要讓指紋破壞證物。看著兩人緊張兮兮的樣子，哈娃雖然隱約覺得什麼不對勁，但還是選擇忽視。

伍鳳不懂藥物，交由專業藥劑師的阿琳整理。阿琳花了一些時間去掉重疊的藥物，陸續記錄在白紙上，藥物列表如下：

Sumatriptan 50mg p.r.n.
Selegiline transdermal 24 hours 6 mg/patch
Folic Acid 1 TAB OD
Sodium Valproate 200mg BD
Paracetamol 500mg p.r.n
Loratadine 10mg ON
Vitamin C 1 TAB OD
Bromhexine 8 mg TDS
Naproxen 550mg BD
Magnesium trisilikate tablet 1 tab TDS
Metformin 500mg OD

如之前提及，這些未知英文字母都是醫學縮寫，p.r.n代表需要時給予，OD是每日一次，BD是每日兩次，TDS是每日三次，ON為晚上服用。

「他吃的藥物還真多啊！」伍鳳奇問。

「其實不算多，藥物要說得上多莫過於是腎病病人，動輒就是十多種藥物。」阿琳搖頭道。

「十多種藥物，聽起來光是吞藥物都會飽了……我們還是專心在這堆藥物好了，阿琳看出什麼不對勁嗎？」

「乍看沒什麼不對勁，但出乎意料阿瑪沒有高血壓和糖尿病藥物，正常來說，癡肥人士都離不開這兩種慢性疾病。」阿琳好奇道。

「我先生身體硬朗，一直以來都沒什麼大病，只是這幾年脾性變得古怪，像天氣般時好時壞，我平時也不敢和他說太多的話，不然他又拿我來出氣。」

阿琳突然想到什麼，問道：「你先生有沒有癲癇的疾病？」

「癲癇？你是指發羊癲是嗎？他沒這樣的問題。」

「那我總算明白你先生為何服用丙基戊酸鈉，因他患上雙極性情感障礙疾患[12]，丙基戊酸鈉除了普遍用於癲癇，也能適用於雙極性情感障礙疾患。簡單來說，這類病人擁有抑鬱和狂躁的兩種性格特質，時而亢奮，時而消沈，根本沒邏輯可言的情

[12] 雙極性情感障礙疾患（Bipolar Disorder），也可稱為躁鬱症，是一種腦部疾病，使得人的情緒表達與控制、甚至思考與行為都受影響。

緒反應。」

「原來是這樣！難怪他這幾年性情大變，甚至懷疑我偷漢子，還有懷疑孩子不是他親生的！」哈娃震驚道。

不，那多半是你先生疑神疑鬼——阿琳心道。

「你先生的偏頭痛嚴重嗎？」

「挺嚴重的，他年輕時就有這個毛病，被驗出輕微憂鬱症後就使用司來吉蘭貼劑[13]，憂鬱病還沒治好，就爆發偏頭痛的問題，從今以後就只能吃頭痛藥過日子。」

「好，除了這些藥物，你先生還會把藥物收在哪裡嗎？」

「在他的辦公室應該會有一些藥物，有時他忘記帶藥物上班，只好到鄰近西藥房買一些藥物應急。」

阿琳向伍鳳打了顏色，伍鳳點頭示意，發問：「謝謝哈娃太太的合作，藥物調查方面就這樣暫時告一段落。雖然這麼問有些冒昧，不懂你先生有沒有結怨的對象？」

這時有個十五歲左右皮膚白皙的少年經過，他瞪了伍鳳一眼，不以為然道：

「要殺死他的人多的是，不差我一個！」

[13] 司來吉蘭（Selegiline）是一種「單胺氧化酶抑制劑」（Monoamine oxidase inhibitor，MAOI），為抗抑鬱的藥物。

少年拋下狠話就馬上離去，只留下楞在原地的三人。這位男孩皮膚白皙得不像話，與他爸爸阿瑪膚色有些出入，但不難想像是遺傳自母親哈娃的優良基因，在別人眼裡難免會說長得不像爸爸。

「不好意思，我家孩子真是太不像樣了……不過請你們別責怪他，他爸爸不懂發了什麼神經，懷疑我和他的同事有染，一直說孩子皮膚白皙一點都不像他，竟然懷疑不是他親生的，只差沒帶孩子去做親子鑑定，一個中學生怎麼可能受得了這個刺激。至於你的提問，阿瑪不僅對我和孩子非常冷淡，對於親生父親更是如此，唯一的大哥和他也沒什麼交流，常聽他投訴同事的不是，和舊朋友的一些小過節。說實話，我不肯定到底有沒有人會為他的離去感到傷心……」哈娃嘆息道。

一個人要做到怎樣的程度，才會眾叛親離——阿琳心道。

「哈娃太太，聽說你岳父——凱里人在醫院接受治療，不懂現在情況如何？」伍鳳問道。

「我岳父他人還在深切治療科，已安然度過危險期，但不知道什麼時候才會醒來。若他醒來得知兒子去世，恐怕會加劇他的病情，雖然這麼說很抱歉，但現在不醒過來也不見得是壞事，我實在不忍心告訴他這個慘痛的事實。我岳父他一個人住在山區，在那有一大片菜園和榴蓮種植區，不時會帶著農產品給我們家裡，還有一些他親手製造的精油和花茶。我先生嘴裡說岳父淨做多餘的事情，但還是老實將他的心意一一吃完，就連花茶也是早晚一壺。說來奇怪，每次喝花茶後他情緒比較收斂，頭痛有所改善，我告訴岳父後，他也就送得更勤了。我岳父雖然沒讀過什麼書，但手可是靈巧得很，就連椰子樹都物盡其用，甚至在山區設立了椰子博物館，早前還登上地方新聞版。」哈娃解釋道。

阿琳聽到凱里病情不樂觀，不禁替病人擔憂，也替陳茹媚感到難過。

「對了，那位給錯藥的見習藥劑師，我是指分發藥物給我先生的那位，她會面臨什麼後果呢？」

阿琳羞愧得無地自容，伍鳳望了阿琳一眼，嘆了一口氣，答道：「目前仍是調查的階段，若證實是醫藥失誤，她會受到應有的處罰。」

「不是我要說什麼，但我的岳父和丈夫先後遭遇醫藥失誤，讓我不能不質疑藥劑師的專業能力，說什麼藥物專家，結果還不是和普通人沒分別，這國家的醫藥系統太讓我失望了，我再也不會去政府醫院看醫生。」哈娃埋怨道。

看似通情達理的哈娃，始終無法壓抑對藥劑師的不滿。換做是平時的阿琳，早就挺身而出反駁，稱藥劑師並不是你想像中那麼無能，但戴罪之身的她沒勇氣去反駁。

阿琳無法原諒自己造成別人家的不幸，所以她必須盡力去還原真相。

第二個地點，**舒服按摩椅公司**。

阿琳和伍鳳抵達公司後，向保安人員表明來意，幫他們向阿瑪同事查詢，之後獲準上去會面。一開始保安人員向她們討證件，阿琳震驚下結結巴巴說不出話，沒想到伍鳳從容地從口袋取出證件，沒想到正是衛生部證照，也就順利進去。伍鳳向錯愕的阿琳打了眼色，低聲在她耳朵說，總不可能沒做什麼準備就冒充官員。阿琳看她說謊的功夫一點破綻也沒，不禁暗想這年頭當記者和當小偷沒什麼差別。

「你好，我是阿瑪的同事——王睿，不懂有什麼是我可以幫上忙的嗎？」一名身型高大，頂著地中海禿頭的中年男子禮貌問道。

「你好，我是衛生部執法官員——伍小姐，這位是我的同事——凱瑟琳小姐，就如我們在電話提起的一樣，我們要問你關於死者的一些問題，也會進行樣本採集，希望不會給你帶來麻煩。」伍鳳禮貌道，阿琳在旁點頭示意。

「我雖然很想幫忙，但我不確定自己能夠幫什麼，老實說整間公司包括我在內，和他關係都不怎麼密切。他在公司不受歡迎，卻意外地銷售有一手，要不是他的業績不錯，老闆早都辭退他了。就我個人而言，會盡可能和他保持一定的距離，上幾個月他不懂吃錯什麼藥物，竟然問我是不是他太太的情夫，差點和我大打出手，你說是不是神經病！」王睿憤憤不平道。

「聽起來的確不妙……要不我們先去看死者座位好嗎？」阿琳提議。

在王睿的帶領下，她們兩人來到阿瑪的座位，表面看起來並沒什麼異樣，伍鳳戴手套後就查找抽屜有無可疑物件，最後找出幾個藥包。

「這裡存放的藥物比較少，只有加非葛[14]和萘普生[15]。加非葛用來治療急性偏頭痛；萘普生則普遍用於止痛消炎，能稍微舒緩偏頭痛症狀。」阿琳解釋道。

「阿琳，怎麼吃上兩種偏頭痛藥物？」伍鳳低聲問道。

「一些病人確實依賴幾種藥物控制病情，就好比一些高血壓病人依賴五種降高血壓藥物來控制病情，只要確保使用不同組別功能的藥物，和引起藥物聯繫反應，基本上不會構成太大的問題。這兩種藥物恰好是兩種不同藥理的藥物。」阿琳解釋道。

「對了，這裡還有一罐阿瑪放在飲食間的藥水。」

阿琳接下來一看，認出是右美沙芬咳嗽藥水[16]，比起一般咳嗽藥水更為有效，但有著濫用的傾向，故在外頭不容易買到。

「王睿先生，你如何得知這是阿瑪的藥物呢？」

---

14 加非葛（Cafergot）含有1毫克麥角胺（Ergotamine）和100毫克咖啡因（Caffeine），麥角胺是一種麥角鹼，因為可以使血管收縮，故可用來治療急性偏頭痛發作。

15 萘普生（Naproxen），為一種非固醇類止痛及抗發炎藥物（NSAID），此藥可消除多種輕微到中度的疼痛，如頭痛、牙疼、月經痛，以及肌肉扭傷所引起的疼痛等。

16 右美沙芬（Dextromethorphan）是一種中樞性鎮咳藥，暫時緩解感冒、輕微喉頭刺激以及某些感染所引起的咳嗽。

「當然知道，因這是我推薦給他的藥物，他在公司咳嗽了幾個月，我好心買了一罐咳嗽藥水給他，我還特地交代店員給我最好的咳嗽藥水。說來神奇，他服下藥水後就藥到病除，不時會去西藥房添購。」王睿答道。

「那麼，你知道誰可能對他不利嗎？」

「我怎麼可能知道這樣的東西。」王睿驚恐道。

「還是……想要對他不利的人就是你……」伍鳳追問道。

「你這話是怎麼意思，我知道了，你一定是聽到什麼流言，說我和他太太有染，根本沒這樣的事情。我確實和他的太太以前談過戀愛，但我們因為種族差異而無法在一起，都承受來自雙方家庭的壓力，逼於無奈下我們只好分手，之後就不再聯繫。當我看見哈娃和阿瑪出現在公司，我驚訝地說不出話，努力裝作自己不認識她，沒想到還是被阿瑪識破，那天起我就和他沒說過一句話了。請你相信我，我根本沒想過要破壞別人的家庭，也根本沒那個勇氣做第三者……」

王睿驚嚇下吐露了一些不為人知的祕密，讓伍鳳和阿琳可是聽得目瞪口呆。

第三個地點，榴蓮山莊，也就是死者老家。

阿琳從車子走下來，狐疑望了伍鳳一眼道：「阿瑪爸爸——凱里不是還在醫院接受治療嗎？我們來到這兒也於事無補，根本無法進去，不要告訴我你會開鎖……」

「本小姐自有妙計，你難道沒發現住家籬笆已開啟了嗎？」伍鳳指向大門道。

如伍鳳指出的一樣，本該深鎖的籬笆如今已開啟，阿琳踏進院子，看見凱里耕耘多年的園地，放眼望去是承載著生命力的蔥綠蔬菜，還有鮮艷得像太陽的黃色花卉，更是讓他感受到凱里熱愛大自然的心情。

「這就是茹媚口中的黃花，倒讓我想起周杰倫的一首歌了。」阿琳喃喃自語道。

這時候大門開啟了，迎面而來的是一名長相與阿瑪有些相似的男子，阿琳錯愕片刻，但很快知道他是何方神聖了。

「請問你是阿瑪的哥哥——拉曼先生嗎？」伍鳳恭恭敬敬道。

「你們就是打給我的衛生部官員吧，請進來再說。」

伍鳳和阿琳進入屋子後，打量眼前這間建築物，外表看似年久失修的老屋子，但內部裝潢可是有板有眼，而且配置的電子家具可是最頂端的，只是一段時間沒人住，屋子自然而然堆積了一些灰塵，隨便碰觸都會掀起灰塵。

「兩位官員，這屋子沒什麼好東西招待，我只能準備一些飲品給兩位飲用，這是家父自豪的手工花茶，希望合你們的胃口。」拉曼從廚房端出茶壺和杯子，從茶壺倒出紅色液體到杯子裡。

阿琳那瞬間發現這場景似曾相似，不就是懸疑小說裡常見的一幕，即喝下神祕飲料後就不省人事的慣例情節嗎？阿琳向伍鳳打了眼色，示意這茶不對勁，但伍鳳不明就裡，喝完花茶才湊近詢問，阿琳也沒好氣地說沒事了。

「不懂兩位找上門有什麼事，而且還要我到這兒與你們會面。」拉曼問道。

「你好，我是衛生部執法官員——伍小姐，這位是我的同事——阿琳小姐，就如我們在電話提起的一樣，我們要問你關於死者的一些問題，也會進行樣本採集，希望不會給你帶來麻煩。至於為何選擇在這裡，主要還是想查看這邊有什麼線索。」伍鳳禮貌道，阿琳在旁點頭示意。

「我從事捕魚，大部分時間都在海上工作，鮮少回來這邊探望老父，和弟弟阿瑪的關係也日漸生疏，明明以前是那麼要好的兄弟，但各自有了家庭後就不再多話，或許這就是成長的代溝吧。弟弟明明住在附近，也鮮少回到老家探望爸爸，一年就回那幾次的大日子，不過考慮到他這幾年的變化，不見面也省了爭執，每次他們見面都是大吵大鬧，我在旁邊看著都覺煩躁。」從他口中多半問不出什麼線索——阿琳心道。「根據你的瞭解，你弟弟有沒有遺留什麼物件在這裡？」伍鳳問道。

「他偶爾也會來這裡住，多少會有一些隨身物留下來，那間房間正是他的，你不妨過去那邊找找。」

阿琳和伍鳳在房間仔細檢查阿瑪的隨身物，發現不過寥寥幾件換洗衣物和一些童年玩具，不禁有些洩氣。這時候阿琳在抽屜找出幾個藥包，分別是止嘔藥——美托拉麥[17]和止痛藥——曲馬多[18]。

「看來阿瑪吃的藥物不是普通的多。」

「Phoenix，我明白了！這不是他的藥物，藥包上的病患名字寫著凱里，多半是凱里見兒子頭痛難熬，就把自己的藥物給他服用。曲馬多確實是藥性挺強的止痛藥，唯會引起頭暈疲倦的副作用，因此醫生也會吩咐病人一併服下美托拉麥，舒緩不適。」阿琳反覆檢查藥包。

「阿琳，死者貌似吃了不少止痛藥，對身體不會產生什麼連鎖反應吧？」

「根據記錄，死者似乎收藏著幾種止痛藥物，如普拿疼、萘普生和曲馬多，但這三個恰好是三種不同藥理的止痛藥，雖說沒必要三個都服用，但一起服用不會造成什麼問題。」

「那，這幾個藥物又和阿瑪的死因有什麼關聯？」伍鳳好奇問道。

「我怎麼可能會知道，當然是要等那個人回答啊。」阿琳不假思索道。

「你的意思是……」

[17] 美托拉麥（Metoclopramide）為治療「消化性機能異常」藥物，能夠增強腸胃道蠕動，接觸腸胃蠕動異常而引起的噁心、嘔吐、胃脹、食慾不振等等。

[18] 曲馬多（Tramadol）為一種「非麻醉品類止痛劑」，主要作用於腦部的止痛受體細胞，而達到止痛的作用。

「現在資料搜集的差不多，蘇店長也是時候出來破案了吧？」

「既然這樣，我們就一起回去和他匯報吧！」

阿琳望著天花板沈思了好一會兒。

「話說在前頭，這次可能不需要勞煩他就能破案了。」阿琳表情凝重道。

「你的意思是……」

「沒錯，一切的謎題揭開了。」阿琳故作玄虛道，儼然就是推理漫畫的經典畫面。

「這句話從阿琳嘴巴說出來，一點說服力都沒有！」

他們約好在飄香茶坊碰面，阿琳和伍鳳剛踏入店裡，就看到蘇店長悠閒地喝茶等候她們，她們在他身邊坐下，也仔細匯報了這幾天的調查結果。蘇店長默默聆聽，阿琳在旁靜靜觀察店長表情上的變化，而他不發問不回應，一如往常般無法捉摸。

阿琳凝視著杯中如血液般鮮紅的花茶，名為百憂解的花茶據說能讓心情放鬆，但這紅色讓她感覺不舒服，有種讓人著急的逼迫感。她無法理解店長為何主動參與案件，雖然理解為他不願讓負面新聞影響店的生意，但他在之前的案件都是愛理不理，是被她們央求才出手幫忙，這次主動提出幫忙，讓阿琳忍不住在想，店長可能擔心她才出手。

阿琳不禁眼角一濕。

「我知道整個案件的關鍵所在了，你們有什麼想法不妨先說來聽聽。」蘇店長沈默良久後道。

「蘇隆毅你知道真相就快點說出，不要在老娘面前賣關子。」伍鳳不耐煩道。

「你要依賴我到什麼時候，是時候動動你的笨腦筋吧。」

「哼，老娘也不是省油的燈，我在警局又不是沒認識的人，再說以我的智慧，破案怎能難得了我。就算我不懂藥理也知道這案件並不簡單。我注意到幾個疑點，一，太多人對死者懷有報復的心態，每個人都有殺人動機。二，死者身體至今仍沒檢驗出毒藥成分。從慣例案件來看，這很有可能是有預謀的毒殺案。不難猜測是哈娃和舊情人王睿密謀殺害阿瑪已久，重金委任藥劑師調配藥物，在藥物裡不定時參雜微量毒藥，日積月累下在死者身體成了足以致命的分量，就算檢驗屍體也檢查不出毒藥成分，只因大部分毒物已經排除體外。」伍鳳一鼓作氣道。

「乍聽有道理，但這不過是九流推理小說的荒唐情節。就不說其他未知事項，要做到死者身體無法檢驗出毒藥可不是容易的事情，一旦計算失準，不就等同告訴全世界身邊人是兇手嗎？再說，劑量太少又如何殺害一個人，死者的死狀也和毒殺有一定的出入。最重要的一點是，天底下應該沒有藥劑師願意為了金錢而下毒害人。」蘇店長搖頭道。

「蘇隆毅你別狗眼看人低，你也不能完全否認我的推理是有可能的。」伍鳳不服輸道。

「話這麼說沒錯，等你找到真憑實據才說吧。」

伍鳳氣得一句話都說不出，只能不斷灌花茶澆熄怒氣。

「那，阿琳你又知道多少呢？」

「我已經知曉真相了。」阿琳表情凝重道。

空氣在這一刻彷彿凝結了。

「這是一起有預謀的殺人事件。」

阿琳話一說出，伍鳳忍不住嘿嘿地笑了起來。

「蘇隆毅，瞧，我是對的，連阿琳都配合我的推理，你還敢說我的推理不可信！」伍鳳自滿道。

「兩個人說大便不臭，難道你就會想去吃嗎？」蘇店長冷漠道。

伍鳳再度氣得一句話都說不出，繼續不斷灌花茶澆熄怒氣。

「我的推理和Phoenix小姐有些出入，請大家耐著心聽我解釋一下。根據手頭上的情報，阿瑪因為暴飲暴食的關係，身形癡肥，這幾年因工作壓力而患上輕微憂鬱症，之後也患上偏頭痛，沒癡肥人士常見的高血壓和糖尿病問題。一開始我以為這不過是純粹的意外事件，當我打開阿瑪家裡的冰箱就發現不對勁了。」阿琳開始解說。

「莫非阿琳在裡面發現毒藥？」伍鳳問道。

「應該沒兇手會把毒藥放在冰箱，難道不怕毒死自己嗎？」蘇店長打岔道。

「Phoenix小姐真會開玩笑，我看到的不是藥物，而是普通不過的食物，分別是巧克力、水果布丁、起司蛋糕、低糖可樂汽水、巧克力牛奶、乳酸飲料、柳橙汁等等。或許你會好奇這是普通不過的食物，但出乎意料地這幾種食物都不適合阿瑪吃的。」

「阿琳是指這幾種食物都是高熱量食物嗎？確實對癡肥人士的健康不怎麼適合。」伍鳳默默思索。

「我不是這個意思，店長應該知道我在說什麼吧？」

「阿琳是指，這幾種食物都不適合偏頭痛患者吃吧。」蘇店長點頭道。

「不愧是店長，大部分人都不知道，偏頭痛與飲食習慣息息相關，建議少碰3C食物[19]，只因巧克力和起司都是高酪胺食物，而柑橘、牛奶和乳酸飲料則含有酪

[19] 3C食物：起司、巧克力、柑橘類食物（Citrous fruit）。

胺酸，是造成頭痛的原因之一。除此以外，低糖汽水含有代糖阿斯巴甜，外國研究顯示一些對代糖過敏者，服下少量代糖都會造成頭痛。哈娃表示自己依照阿瑪指示購買食物，但不可能如此巧合購買大部分不適合阿瑪食用的食物，身為營養師的哈娃，怎可能不知道這些食物會加劇偏頭痛。看來丈夫把她逼得快要瘋了，才會讓她起了報復的念頭。」阿琳繼續解釋。[20]

「你的說法是很新鮮，但……頭痛總不能讓人痛死吧……」伍鳳追問道。

「沒錯，嚴重頭痛是無法殺死人，只能讓患者痛不欲絕，當我發現起司蛋糕出現在冰箱後，隱約覺得起司是整個案件的關鍵，再從中聯想去阿瑪死狀和處方箋，才明白這一切背後的含義，阿瑪的死因其實是起司效應。」

「姿勢腳印？」伍鳳皺眉問道。

「我真是敗給你了……這是我大學講師上課提起的，據說外國某藥劑師發現服用苯乙肼[21]後吃起司，就會引起頭痛，一開始以為是身體不適，但後來才發現是藥物與食物的聯繫反應。簡單來說，起司有著豐富的酪胺，若人體內酪胺含量劇增，會引起腎上腺素上升，造成血壓飆高現象，但通過單胺氧化酶代謝就能消除。

「若服用單胺氧化酶抑制劑如苯乙肼，就會造成酪胺無法消除，從而引發不良反應，其中包括頭痛作嘔、呼吸困難、神智不清等問題，恰好與死者死前狀況雷

[20] 高酪胺食物（Tyramine）含有刺激血管作用或刺激神經組織的氨基酸，阿斯巴甜（Aspartame）為人工味劑（代糖）的一種，普遍認為高酪胺食物和阿斯巴甜與神經症狀特殊頭痛有關。

[21] 苯乙肼（Phenelzine）為單胺氧化酶抑制劑（Monoamine oxidase inhibitors，MAOI）的一種，有抗抑鬱作用，用於治療抑鬱症，緩解心絞痛。

同。當我看到死者使用司來吉蘭貼劑，我更加確信我的推論是正確的。司來吉蘭也是單胺氧化酶抑制劑的一種，而負責整理死者藥物的哈娃，知道丈夫使用這藥貼，就想到可以借用這藥理將他殺害。基於這算是典型的食物藥物相互作用引起的不良反應，就算員警查上門來，大可推卸得一乾二淨，說是完美犯罪也不為過。」阿琳自信解說。

「天啊……沒想到阿琳竟然解釋得頭頭是道，這不會就是真相吧？」伍鳳驚嘆道。

「若你不讚同我的推測，你總得要搬出一套你自己的道理。」阿琳皺眉道。

「不得不說，阿琳這幾個月來的推理功力有所增長，確實是很接近真相了，可惜還是差了那麼一點點。」在旁沈默已久的蘇店長終於開口。

「一點點指的是哪一點？」阿琳追問道。

「單胺氧化酶抑制劑也有單胺氧化酶A和單胺氧化酶B之分。你提起的起司效應案例，涉及的苯乙肼屬於單胺氧化酶A抑制劑，而司來吉蘭則是單胺氧化酶B抑制劑。單胺氧化酶B抑制劑並不會和高酪胺食物造成起司效應，美國食品藥品監督管理局已放鬆對單胺氧化酶B抑制劑與高酪胺食物一起食用的管制。此外司來吉蘭貼劑比起口服更為安全，使用最低劑量可避免高血壓危險，也能保持藥物在體內的穩定水準，也造成比較少的副作用。總而言之，死者並不是因為起司效應而喪命。」

「這麼說確實是這麼一回事……」阿琳頹然道。

「我不知道你們在爭辯什麼，我相信不只是我一個聽不懂而已，我只在意到底誰是害死阿瑪的真兇而已，蘇隆毅你剛聽完我們的陳詞就知道兇手是誰了？」伍鳳抓頭道。

「稍微想一下就知道是誰了，謎團像疾病一樣，必須對症下藥。」

「你不要再吊我的胃口了！」阿琳和伍鳳異口同聲道。

「我又不是很想說了。」

兩人為之氣結。

「我就直接進入正題吧。我不否認哈娃女士有著害死阿瑪的心態，如阿琳說的一樣，冰箱收藏的食物並不適合偏頭痛病患進食，她不過是想小小懲罰阿瑪而已，還不至於謀殺親夫的地步，但她確實和阿瑪的真正死因有所關聯。」

「沒想到哈娃真的是殺害阿瑪的真兇？」伍鳳插嘴道。

「嚴格上來說，害死阿瑪的人不只是她而已。」蘇店長搖頭道。

「天啊竟然有共犯，不會就是那個舊情人吧！」伍鳳驚奇道。

「你們先看我手中這張藥物名單，集合了你們這幾天的調查結果，你們看出什麼毛病嗎？」

T. Sumatriptan 50mg p.r.n.

Selegiline transdermal 24 hours 6mg/patch

T. Folic Acid 1 TAB OD

T. Sodium Valproate 200mg BD

T. Paracetamol 500mg p.r.n

T. Loratadine 10mg ON

T. Vitamin C 1 TAB OD

T. Bromhexine 8mg TDS

T. Naproxen 550mg BD

T. Magnesium trisilikate tablet 1 TAB TDS

T. Metformin 500mg OD

T. Cafergot 1 TAB p.r.n.

Dextromethorphan cough mixture 10ml TDS

T. Metoclopramide 10mg p.r.n.

T.Tramadol 50mg TDS

「就如我們剛剛說的那樣，病人怎麼吃這麼多藥物，甚至有些藥物是重複藥理，讓人不禁納悶他是不是吃藥吃上癮了。」

「說的沒錯，當你展示到死者家裡查詢的處方箋，我乍讀下就覺得不對勁，因和他帶來西藥房買藥的處方箋出入太大。我猜測，阿瑪屬於疑神疑鬼的病人類型，不相信單一醫師或醫院，不到特定醫院進行治療，就好比每次都到不同餐館吃飯那樣，但看病絕對不能這樣做，這根本是拿自己的健康來開玩笑。也因為這樣，每次他吃藥不見效，就轉去看其他醫生，也無形中領取一些重複藥性的藥物。」蘇店長解釋道。

「我也發現了這點，止痛藥那邊雖說一起吃沒問題，但怎麼想也是不至於服下不同的止痛藥物，其他藥物應該沒什麼大礙？」

「你少看了最重要的一點，那就是同為偏頭痛藥物的加非葛和舒馬普坦[22]，用於治療急性偏頭痛，正常來說使用其中一個藥物就能舒緩偏頭痛，就算無法達到預期中的作用，服用普通止痛藥即可。為何這兩種藥物不建議一起服下，只因會造成

[22] 舒馬普坦（Sumatriptan），為一種稱「Triptan類」治療偏頭痛的藥物。

嚴重的藥物聯繫反應，那就是血清素症候群（Serotonin syndrome）。」

「煉金術真有錢？」阿琳和伍鳳異口同聲道。

「我欣賞你們的幽默感，那讓我盡可能解釋血清素症候群，簡單來說是服用一種以上的特定藥物如憂鬱症藥物、偏頭痛藥物等等，造成的危險藥物交互作用，造成體內血清素濃度上升，引起一系列的緊急狀況，如自發性陣攣、焦慮不安、肌張力亢進和體溫高於攝氏三十八度，若不及時醫治就失救致死。那，這幾種狀態是不是曾在哪裡聽過呢？」

「這恰好就是死者的死前情況。」阿琳思考後道。

「至於是什麼藥物造成血清素症候群，出乎意料地竟然大部分藥物都和這病徵有所關聯。除了剛才提及的兩種偏頭痛藥物，抗憂鬱症藥——司來吉蘭、躁狂症藥——丙基戊酸鈉、止痛藥——曲馬多、咳嗽藥水——右美沙芬和止嘔藥——美托拉麥都會造成血清素症候群。我們現今社會生活水準上升不少，但安全意識還是有待進步，大部分人在藥物管理方面都不怎麼小心，多重用藥的問題自古以來都不曾斷絕。」蘇店長面無表情道。

「你解釋得比凱瑟琳合情合理多了，可是這麼一來不就全部人都是共犯嗎？這比九流推理小說的荒謬情節更讓人難以相信，不可能一堆人密謀殺害一個人吧？少看推理小說的我都知道這有名詭計！」伍鳳不可置信道。

「我說了不只一次，我不過是一個普通的藥劑師，只能提供我知識範圍內的推理，至於兇手是誰和殺人動機，我實在沒那個興趣。不過，就從嫌犯供詞和取藥途徑，這起案件很有可能是一場意外。他們縱使多麼不喜歡死者，就算真的動念要殺害他，但不過是想想而已，充其量就像哈娃那樣準備不適合先生吃的食物，只是為了懲治他討人厭的脾性。但她沒想到，這些食物不但不適合偏頭痛患者食用，也會惡化血清素症候群，無形中成了幫兇之一。」

「我沒想過藥物相互作用是這麼可怕的東西，就連食物也不能亂吃。」伍鳳心有餘悸道，喝了一口花茶。

「就連你手中這杯花茶也不能亂喝。」蘇店長喃喃道。

伍鳳聽後，直接把口中的花茶噴去阿琳的臉上，把她噴個一頭霧水，而阿琳一臉無辜，反觀蘇店長還是一本正經地繼續喝茶。

「什麼？你的意思是這花茶也有問題！」伍鳳不可置信道。

「這花茶就和阿瑪平時喝的一模一樣，我特地點這壺花茶給你們品嘗，喝了是不是感覺心情放鬆呢？」

「真是白受罪……蘇店長，我想你誤會了什麼，阿瑪喝的花茶由他的爸爸凱里親手製造，每一包花茶都蘊藏著爸爸的關懷，怎麼可能會暗下毒手，我怎麼也不可能相信這個假設。」阿琳一邊擦臉一邊搖頭道。

「你們會不會好奇，怎麼我知道死者平時喝什麼花茶嗎？」蘇店長若有所思道。

阿琳和伍鳳果斷地點頭。

「凱里親手製作花茶，那麼材料自然是住家附近，最直接的聯想就是門口前的小黃花吧。阿琳說過陳茹媚曾經躲在花園，發現葉片有著洞孔，摘下枝葉後流出紅色汁液，恰好和你們在凱里家裡喝的花茶一樣顏色，眼前這杯也一樣。所有線索都指引去聖約翰草茶，化名就是百憂解。我知道這案件與聖約翰草脫離不了關係，特地點這壺花茶給你們品味，沒想到你們還是被蒙在鼓裡，就不說你們的推理思維發達否，沒想到連味覺都遲鈍到這種地步。」

「你覺得我們這個時候還有心情和你喝茶說廢話嗎？我們根本無法靜下心來。」伍鳳微怒道。

「店長，聖約翰草又和案件有什麼關係？」

「聖約翰草自古以來都被認作神聖之草，人們相信它擁有避邪的能力，是古代西方劍士征戰必備藥草。這植物含有紅色液汁，浸泡出來的精油或花茶都呈血紅色，是它標誌性的顏色。做成花茶的聖約翰草可治療焦慮問題，外敷方面也能治療傷口，被世界衛生組織評定為植物藥之星。聖約翰草也被檢驗出含有多種抗鬱活性成分，和不少藥物引起相互作用，所以聖約翰草必須在醫生許可下才能服用，一不小心會有著不良作用。」蘇店長解釋道。

「抗鬱成分？我明白了，我一直奇怪死者不可能會吃完全部藥物，照理來說應該是不定時服用其他藥物，唯聖約翰草花茶每天都飲用，或許這就是造成血清素症候群的主因。凱里老先生沒想過自己親手製作的花茶會害死兒子，若他知道恐怕無法接受事實，現在他人在深切治療科還沒醒過來，某種程度上不完全是壞事，我在說什麼，請原諒我的語無倫次……」阿琳情緒低落道。

「好，整個案件解說完畢，簡單來說，和阿琳一點關係也沒有，你大可放心，至於如何解決這個案件就交給伍鳳，我可不想惹上這些麻煩事。阿琳，你也是時候回到西藥房工作，還是你已經找到其他工作了？」蘇店長盯著阿琳道。

纏繞在阿琳心頭已久的大石終於落下，她眼角泛淚，向蘇店長微笑點頭，喝完杯中的紅色花茶。

事情過去一個月後，衛生部根據警方調查報告，得知阿瑪的死因與阿琳毫無關聯，但阿琳始終犯下醫藥錯誤，看在她實習資歷尚淺的份上，要她遞交悔過信和醫藥錯誤報告就告一段落。

阿琳還是無法原諒自己，無法想像這份工作肩負著這麼沈重的負擔，她擔憂自己會重蹈覆轍，就算過去學術成績多輝煌，在職場上根本是兩回事。書本上學習的是毫無生氣的知識藥理，但披上白袍後面對的就是有血有肉的真實病患，阿琳感覺自己無資格服務大眾了。

「阿琳，你還是不要回去西藥房嗎？不知不覺也過去兩個月了，你沒工作真的不打緊嗎？」陳茹媚關切問道。

「我也不知道，總覺得人生好像沒了方向。」阿琳喝了一口咖啡，苦笑道。

阿琳在家蹲了好一陣子，阿琳媽媽擔心她會憋出心病，就委託陳茹媚帶她出來開導一下。當阿琳看到陳茹媚約她出門的信息，就隱約知道不對勁，但找不到好的理由推辭只能露面。

「或許這麼說很難為情，但我是過來人自然明白你的感受，過得了自己內心那關就可以了，我明白這不容易所以不勉強你。」陳茹媚微笑道。

阿琳點頭示意。上星期凱里老先生終於醒過來了，康復狀況良好，陳茹媚總算可放下心頭大石，唯他得知阿瑪喪命後哭著暈倒，無法想像若他得知自己也是害死兒子的幫兇之一。

「原來人生多的是麻煩事。」阿琳若有所思道。

「兩位小姐不介意我在你們身旁坐下嗎？」某個男子突然在他們旁邊坐下。

阿琳和陳茹媚為不速之客給驚嚇，只因眼前人不是其他人，而是蘇店長！

「蘇店長，你怎麼會出現在這裡，這個時間不是該顧店嗎？」阿琳驚訝道。

「雖然這麼說對不起你的媽媽，但我貌似和這位女生一樣，被你媽媽委託鼓勵你重返西藥房工作。她在我面前哭得稀里嘩啦，我不得不答應她幫忙才能打發她走，總而言之你有一位好媽媽。」蘇店長一貫目無表情道。

陳茹媚在旁點頭如搗蒜，阿琳羞愧得抬不起頭，本想埋怨媽媽雞婆，但想到自己連累她老人家到處求人就不忍多加批評。

「沒有人背負罪惡感能過得快樂，這輩子恐怕也不會好受，這為心病，然而心病終須心藥治，恰好就是藥劑師的工作範圍了。」

這不是阿琳第一次聽蘇店長這麼說了，如今聽在耳裡有些鼻酸。

「你們經過上次案件後得知什麼是血清素症候群，但你們知道這病徵如何被發現嗎？」

阿琳和陳茹媚誠實地搖頭。

「幾十年前美國一位年輕的女大學生因激動、定向障礙、發燒等問題送醫求助，為控制她的病情，醫生分別為她注射配西汀[23]和氟哌啶醇[24]，才讓她平息下

[23] 配西汀（Pethidine）為成癮性麻醉藥品（Narcotic analgesic），具成癮性，可用以治療因藥品或輸血（例如血小板）所引起的冷顫和治療麻醉手術後的顫抖。

[24] 氟哌啶醇（Haloperidol）為一種治療精神／情緒障礙的藥物。

來。之後測量體溫卻發現高過攝氏三十八度，隨之女病人的心臟停止繼而死去。醫生才發現女大學生正接受苯乙肼治療，與注射藥物會產生致命的藥物相互作用，也就是第一宗被發現的血清素症候群案例。」

阿琳和陳茹媚點頭示意。

「當年為何會發生如此不幸的事情？醫生表示手頭上還有幾十位病人，所以沒時間親自診斷和詳細詢問病史，最後給了不適當藥物導致病患死亡。最後美國通過了一項規定，為確保病人得到完善的醫藥服務，年輕醫生必須得到充足的訓練，和醫生每週工作時間不得超過八十小時，並以女死者名字命名這項法律，稱為莉比・錫安法案（Libby Zion Law）。」

「原來有這樣的故事，但……好像和我們沒什麼關聯？」陳茹媚奇問。

「我只是想表示，每個案例不會白白浪費，一定在某種程度上有著警惕作用，至少未來日子更有自信面對難題，錯是犯下了，但我們除了前進就沒有其他路可走，只能從錯誤學習讓自己成為更好的專業人士。」蘇店長認真解釋。

陳茹媚點頭示意。

「在你們眼裡，我是一個怎樣的藥劑師？」蘇店長突問。

「年輕有為的藥劑師！」陳茹媚不假思索道。

「見義勇為的藥劑師！」阿琳提高聲量道。

「我沒你們想像中那麼優秀，其實我和你們一樣都經歷過一些事情，我無法在醫院繼續工作，走投無路下才選擇在外面開了一間西藥房。如你們所見，店裡的生意不怎麼樣，證明我根本沒從商的本事，不少人勸我把店鋪收掉，但我也不懂自己還能做什麼了。」蘇店長臉色一沈。

「店長經歷過什麼事情？」陳茹媚好奇問道。

「笨蛋，這怎麼可以問啊！」阿琳呵斥道。

兩位女孩傻裡傻氣地望著蘇店長，而他沈思一會兒終於開口了。

「這麼說有些失禮，但每個藥劑師一定都曾給錯藥，人非聖賢總有犯錯的一面，只是在乎肯不肯正視錯誤。正所謂不經歷風雨怎麼見彩虹，成長的路上難免會碰到挫折，就如你說的，人生多的是麻煩事，不只是工作上的問題，若選擇一蹶不振，自然失去平反的機會了。

「至於我的經歷……」

兩位女孩屏住氣息，做好心理準備聆聽蘇店長接下來的話。

「還是留給下次說好了。」

兩位女孩互望對方，作出無可奈何的手勢。

「那你們還有勇氣成為藥劑師嗎？」

「當然有，若不成為藥劑師，我也不懂自己適合什麼工作了！」陳茹媚打起精神道。

阿琳似乎知道該怎麼走下去了，她暗下決心，而蘇店長都看在眼裡。

「阿琳表情好像明白了什麼，那我就不囉嗦，希望我們日後有機會再見。」

阿琳和陳茹媚相視微笑，將手中咖啡一飲而盡。

他聽說在這座城市有一間莫名其妙的西藥房，那就是東西一點都不便宜的便宜西藥房，奇怪的是大家都說有什麼麻煩來這兒就對了，這是他從雜誌記者口中得知，心道這次一定要來見識。當他打開門，看到一名妙齡少女微笑示意，露出一口潔白的牙齒，禮貌問道：「先生，歡迎光臨，我是便宜西藥房的值班藥劑師——阿琳，請問您需要什麼嗎？」

他太久沒被人這麼禮貌稱呼，不禁有些莫名激動。

「我是來找麻煩的。」

阿琳白了一眼，轉身喊道：「店長，有人來找你了！」

某男子從位子起來，老大不願意說：「有何貴幹？」

「你就是傳說中的藥師偵探嗎？」
「我不是，你可以走了。」

（全書完）

要推理56　PG2085

要有光
FIAT LUX

藥師偵探事件簿：
請聆聽藥盒的遺言

作　　者　牛小流
責任編輯　陳慈蓉
圖文排版　莊皓云、周妤靜
封面設計　葉力安

出版策劃　要有光
發 行 人　宋政坤
法律顧問　毛國樑　律師
印製發行　秀威資訊科技股份有限公司
114台北市內湖區瑞光路76巷65號1樓
電話：+886-2-2796-3638　傳真：+886-2-2796-1377
http://www.showwe.com.tw
劃撥帳號　19563868　戶名：秀威資訊科技股份有限公司
讀者服務信箱：service@showwe.com.tw
展售門市　國家書店（松江門市）
104台北市中山區松江路209號1樓
電話：+886-2-2518-0207　傳真：+886-2-2518-0778
網路訂購　秀威網路書店：https://store.showwe.tw
國家網路書店：https://www.govbooks.com.tw
總 經 銷　聯合發行股份有限公司
231新北市新店區寶橋路235巷6弄6號4F
電話：+886-2-2917-8022　傳真：+886-2-2915-6275

出版日期　2018年8月　BOD一版
定　　價　320元

國家圖書館出版品預行編目

藥師偵探事件簿：請聆聽藥盒的遺言 / 牛小流著. -- 一版. -- 臺北市：要有光, 2018.08
面；　公分. -- (要推理 ; 56)
BOD版
ISBN 978-986-96321-7-1(平裝)

857.81　　107009897

讀者回函卡

感謝您購買本書，為提升服務品質，請填妥以下資料，將讀者回函卡直接寄回或傳真本公司，收到您的寶貴意見後，我們會收藏記錄及檢討，謝謝！

如您需要了解本公司最新出版書目、購書優惠或企劃活動，歡迎您上網查詢或下載相關資料：http:// www.showwe.com.tw

您購買的書名：________________________

出生日期：_______年_______月_______日

學歷：□高中(含)以下　□大專　□研究所(含)以上

職業：□製造業　□金融業　□資訊業　□軍警　□傳播業　□自由業

□服務業　□公務員　□教職　□學生　□家管　□其它_____

購書地點：□網路書店　□實體書店　□書展　□郵購　□贈閱　□其他

您從何得知本書的消息？

□網路書店　□實體書店　□網路搜尋　□電子報　□書訊　□雜誌

□傳播媒體　□親友推薦　□網站推薦　□部落格　□其他_______

您對本書的評價：(請填代號　1.非常滿意　2.滿意　3.尚可　4.再改進)

封面設計____　版面編排____　內容____　文／譯筆____　價格____

讀完書後您覺得：

□很有收穫　□有收穫　□收穫不多　□沒收穫

對我們的建議：________________________

____

____

____

請貼
郵票

11466
台北市內湖區瑞光路 76 巷 65 號 1 樓

秀威資訊科技股份有限公司 收

BOD 數位出版事業部

（請沿線對折寄回，謝謝！）

姓　　名：＿＿＿＿＿＿＿＿　年齡：＿＿＿＿　性別：□女　□男

郵遞區號：□□□□□

地　　址：＿＿＿＿＿＿＿＿＿＿＿＿＿＿＿＿

聯絡電話：(日)＿＿＿＿＿＿＿＿　(夜)＿＿＿＿＿＿＿＿

E-mail：＿＿＿＿＿＿＿＿＿＿＿＿＿＿＿＿